季語を探索する

高城　修三

目次

夏

秋

冬

日本人と季語

日本人にとって、季節に感応し、その移ろいに我が身を委ねることは、この上ない安寧であり、至福である。これには、日本列島が大陸の東縁にあり、しかも適度に海を隔てた中緯度地帯にあることが大いに与《あずか》っていよう。そのために、四季が鮮やかで自然の恵みも多彩だが、時には思いがけない気象災害もある。そうしたところでは季節の変化を的確に捉えることによって、山や森、海や川の幸を確実に手にし、また災難を避けることができるようになる。こうした生き方は氷河期が終わった後の縄文時代一万年余りで培われた。さらに弥生時代に始まった水田稲作などの農業においても、同様のことが言える。日本人は季節に感応することによって幸福を得てきたのである。

季節を最も感じるのはその移り変わるときである。季節に感応するには、その変化を知らなければならないが、そのためには、その季節を象徴する自然の事物を的確に知っておく必要がある。桜の開花は稲作の開始を告知してくれるし、梅雨の到来は田植を促がし、トンボの飛来は豊作を予祝してくれる。また、共同体のリズムと高揚感を作り出す祭りも季節感と深く連動したものになっている。そうした自然の景物や様々な行事が昇華され、それが後世、歌と呼ばれるものを介して季語を成立させることになるのである。

我が国最古の歌集は飛鳥時代から奈良時代の歌を集めた『万葉集』であるが、すでにここにおいて日本人の明確な季節感が現れている。例えば藤原宮における持統天皇の御製《ぎょせい》は、間近に見える香具《かぐ》山の麓に乾された白い衣から逸早く夏の到来を感じさせてくれる。

春過ぎて夏来るらし白栲《しろたへ》の衣乾したり天《あま》の香具山

これ以前にも、大津宮において額田王《ぬかたのおおきみ》が天智天皇の命を受けて秋と春のどちらが素晴らしいかを判別した長歌もある。『万葉集』における歌の部立《ぶだて》は、宮廷儀礼など雑多な歌を収めた「雑歌《ぞうか》」、親しい者の間に交わされる歌である「相聞歌《そうもんか》」、人の死を悼む「挽歌《ばんか》」だが、時代が下るにつれて、例えば雑歌においても、春・夏・秋・冬という季節による類別が重視されてくる。

平安時代になると、我が国最初の勅撰歌集である『古今和歌集』が編纂される。このタイトルに見える「和歌」という言葉は、漢詩《からうた》に対して日本の歌を和歌《やまとうた》として、我が国の歌の独自性を打ち出したものである。和歌が日本文学の第一線に立つ存在となり、その和歌が歌の代表的な形式である短歌を指して言うようになったのも、このころからである。それとともに季節による部立が必須のものとなる。

和歌が日本の第一文学になる中で、歌言葉なかんずく「時節の景物」（季の詞《ことば》、今日で言う季語）が洗練され、季節と美意識を深く絡み合わせて象徴性を高めていった。その最たるものが春の桜と秋の月で、鎌倉時代の初めに編纂された勅撰集『新古今和歌集』において第一の歌人と称された西行がこよなく愛したものでもあった。

ねがはくは花の下にて春死なんそのきさらぎの望月のころ

西行は如月《きさらぎ》（旧暦二月）の満月（釈迦入滅の日）のころに花（桜）の下で死にたいと願い、十数年後にそれを全うして時の人々に大きな感動をもたらしたのである。

こうした和歌の理念を引き継いだのが中世の連歌であり、さらには近世の俳諧（俳諧の連歌）であった。『新古今和歌集』の編纂に中心的な役割を果たした後鳥羽上皇は和歌のみならず文武百般に秀でておられたが、連歌成立に欠かせぬ方でもあった。さらに南北朝時代に二条良基が出て、准勅撰集『菟玖波集《つくばしゅう》』の刊行や全国的な式目「応安新式」を制定して、連歌が和歌に並ぶ文芸として確立する基盤をつくったのである。

連歌は和歌（短歌）の上句（五七五・長句）と下句（七七・短句）を別々の人が詠み合うことから始まり、後鳥羽上皇のころには百韻《ひゃくいん》連歌（百句詠み継ぐ連歌）が成立している。連歌の発句《ほっく》（五七五、最初に出される句）は一座する人たちへの挨拶の句であり、そこには季節を表わす語（時節の景物、季の詞）が必要とされたし、それぞれの付句についても、同じ季節を何句続ける必要があるとか、同じ季節を再び詠むには前の季節から何句隔てなければならないとか、厳しい規則があったから「時節の景物」への関心が高まった。加えて、連歌の句は極めて短かったから、日本人の精神的基盤である季節感を表わす「時節の景物」が必須のものとなっていったのである。とはいえ、伝統的に「時節の景物」とされるものは二、三百に過ぎなかった。

江戸時代になると、それまで歌言葉（雅語）しか使えなかった連歌に対して、俗語や漢語も自由に使える「俳諧の連歌」（略して俳諧）が盛んになってくる。その大成者が芭蕉であった。俳諧では市井《しせい》の生活を映した表現が盛んに取り入れられたため、庶民の日常的な季節感も取り込まれ、斬新な「季の詞」も生まれた。

目には青葉山ほととぎす初鰹

芭蕉の俳諧仲間でもあった山口素堂《そどう》の発句である。視覚、聴覚、味覚を代表する初夏の「季の詞」を三つ並べて成立した句であるが、江戸町民が初夏の風物として珍重した「初鰹」は、和歌や連歌にはついぞ現れない言葉である。江戸時代の俳諧を通じて、歌言葉の世界に限定されていた「季の詞」は広く日本人の精神生活を掬い上げ、それを昇華した言葉となっていく。その精華とも言うべきものが花（春の桜）と月（中秋の名月）であった。これには、花と月を最高の伝統美としてきた和歌以来の精神に加えて、俳諧興行において殊に花と月が重要視され、それを詠むべき位置（定座）が規定されたことも与っていただろう。「花を持たす」という成語も、連歌・俳諧の席でしかるべき人に大切な花の座を譲ることから生まれたものである。

江戸後期には歳時記という言葉も生まれ、曲亭馬琴の『俳諧歳時記』には二千六百もの「季の詞」が収録されるほどになる。しかし明治になると、その五年（一八七二）に新暦（西洋暦・太陽暦）が導入されたために、それまで「季の詞」を養ってきた旧暦（太陰太陽暦）との間の季節感に一カ月ほどのずれが生じるようになる。

それに加えて、正岡子規が西洋近代文学の理念の下に「発句《ほっく》は文学なり、連俳は文学に非ず」という断案を下したことも大きかった。連俳とは「俳諧の連歌」を指し、発句は連歌の最初に詠まれる句である。子規は西洋近代文学の立場から、連歌は個人の表現ではなく、その場に集まった人たちが共同でつくり、付句の変化の面白さを楽しむだけだとして、鎌倉時代以降、和歌と並ぶ国民的文学であった連歌・俳諧を否定し、そのかわり、最初に詠まれる発句を独立させて付句《つけく》をさせなければ、近代文学に適う最短の詩になると考え、それを新たに「俳句」と称したのである。朝野をあげて近代化に邁進していた時代の力は圧倒的で、その先陣を務めた子規の断案の下で、以降、連歌・俳諧は急速に忘れ去られていくことになる。

俳句は、連歌の発句に必須の要件であった「季の詞」と「切字」をそのまま受け入れて成立した。五七五という最短詩においては、日本人の精神的基盤になっている季節感なしには作品としての成立が難しかったからである。明治の終わりごろには季語という言葉も生まれている。これが広く一般に受け入れられるとともに、わずか一七音で完結する俳句が表現の斬新さを追求していけばいくほど季語は増加し、現在では一万語を超える季語辞典さえつくられている。そこにはさまざまな混乱も惹起した。

季語の混乱をもたらしているのは、先にも挙げたように、明治五年（一八七二）における旧暦（太陰太陽暦）から新暦（太陽暦）への切り替えである。これによって千年以上の伝統を持つ「時節の景物（季の詞）」とそれを支えた季節感は一カ月余りもの歪みをきたすようになってしまった。

たとえば新年の行事である。一月一日の年迎えの行事も七日の七草粥も、旧暦の日付をそのまま新暦に移したために大きな歪《ひず》みが生まれることになる。新暦の元日は冬至（一二月二二日ごろ）の十日ほど後で、旧暦の元日は立春（二月四日ごろ）の前後であるから、この差は大きい。新暦の元日では、まだ旧暦の冬である小寒・大寒の極寒期を経なければ立春にならない。元日に迎春などと書かれた年賀状をもらっても、いささか戸惑ってしまう。新暦の七草粥では野原に出ても若菜など摘めようはずがない。一方、旧暦の七日なら新暦の二月中旬ころなので、土の中から春の七草の新芽も出てくるころである。こうした季節の歪みを調整するために、近代の歳時記では「新年」という正月行事を指す季を創出しなければならなかった。

初夏にしても同じような問題が起こる。そもそも旧暦の夏は四月〜六月である。しかし、新暦の夏は六月〜八月なのだから、ややこしい。たとえば釈迦の誕生日を祝う灌仏会《かんぶつえ》は旧暦四月八日の初夏のころであるが、この数字を変えずに新暦に移し、その名前も「花祭り」としたために、「花」が桜を指す伝統的な「季の詞」であり、また新暦の四月八日といえば桜の満開の時期だったから、甘茶をかけられる釈迦像は桜の花で荘厳されることになってしまった。しかし旧暦で考えれば、釈迦を飾る仏花は初夏の花でなければならないのである。

初秋の行事としては古くから七夕が知られているが、これも旧暦七月七日の数字をそのまま新暦に移したために、梅雨の盛りのころの行事になってしまい、そのあと小暑・大暑という暑さの盛りを迎えなければならないのだから、これを秋の季語と言われても小首を傾げざるをえない。ちなみに旧暦の秋は七月〜九月だから、七月七日と言えば初秋のころで、新暦なら八月中旬ころになる。旧暦七月七日の七夕なら、まだ暑さが厳しいとはいえ天候は安定しているころだから天の川も眺められるが、梅雨の盛りの新暦七月七日ではそれも適わない。

現代における季語の困難は、野菜や果物が一年中店頭に並ぶような状況や、自然と乖離した都市生活なども相まってますます強まっている。それでいて自己表現のために奇を衒《てら》うような季語の増殖は止まらない。近代の季語を支えてきたのが俳句であることは間違いないが、こうした傾向に反発する無季俳句の隆盛を考えると、ますます川柳と変わらない一行詩への傾向を強めていくと思われる。ちなみに川柳も俳諧の一種である「前句付《づけ》」に始まり、俳句と同じく明治中期ごろに近代文学の一ジャンルとして成立した。

季語を探索していくと、縄文時代以来の日本人と自然との密接な関係に加えて、太陰太陽暦や太陽暦が導入された後は、和歌、連歌、俳諧、俳句によって担われた文学的な季節感を基盤にしていることが分かる。だが、日本に旧暦が導入されたのは七世紀のことであるから、それ以前の日本の暦はどうなっていたのか、日本人の季節感や季語にそうした影響は残っていないのか、という疑問が起こる。

日本には、春と秋の彼岸、盆と正月、中元と歳暮など、よく似た行事が年二回あるのはどうしてか。そうしたことに対する筆者の仮説は春分・秋分のころの満月の日を年の始めとする春秋暦があったのではないかということである。六世紀以前に存在していたと思われる春秋暦のありようを今日まで伝えているのが、御柱《おんばしら》祭で有名な諏訪大社下社の春宮・秋宮に伝わる祭事である。

春宮と秋宮

春宮と秋宮は諏訪大社の下社にあたる二つの神社である。諏訪大社は上社・下社に別れており、さらに上社は本宮《ほんみや》（諏訪市）・前宮《まえみや》（茅野市）、下社は春宮・秋宮（共に下諏訪町）からなる。つまり四つの神社の総称である。

諏訪大社は平安時代前期に編纂された「延喜式」において名神大社に列せられている。信濃国（長野県）の一の宮でもある。出雲の国譲り神話において高大原《たかまがはら》の勢力に敗れて州羽《すは》の海（諏訪湖）に逃れたとされる建御名方《たけみなかた》神を祭る古社だが、加えて上社が御山（守屋山）、下社が御神木（春宮が杉、秋宮が一位《いちい》）を御神体とするなど、弥生時代や縄文時代にも連なる我が国の原始的な信仰のかたちを色濃く残している。

諏訪大社と言えば、六年に一度、寅《とら》年と申《さる》年に行なわれる勇壮な御柱《おんばしら》祭が天下三大奇祭の一つに数えられている。なかでも、樹齢一五〇年を超える樅《もみ》の巨木を傾斜三〇度の急坂で豪快に曳き落す「木落し」は、祭礼当日の全国版テレビニュースでも取り上げられるほど有名である。

御柱は一六本が切り出され、四月の山出し、五月の里曳きをへて、上社、下社のそれぞれの社殿の四隅に建立される。それらは神の依代《よりしろ》であり、また四本の御柱で囲われた地は神の居ます聖なる場所を示現しているのであろう。これらの一連の祭事はすでに桓武天皇（在位七八一〜八〇六）の時代に行なわれていたという記録もある。御柱の建立と同時に御霊代《みたましろ》を祭る宝殿も新たに造り替えられる。

御柱祭に比べて余り知られていないが、下社の春宮・秋宮の祭礼には日本の古い暦を考えるにあたって興味深いものがある。毎年二月一日と八月一日に催される遷《せん》座《ざ》祭がそれである。

遷座祭は御舟祭とも呼ばれている。これは八月一日に春宮から一キロ余り離れた秋宮へ御霊代《みたましろ》（翁《おきな》・媼《おうな》の人形）を青柴の船に乗せて曳いていき、翌年の二月一日には秋宮から春宮に御霊代を遷す神事である。つまり、下社の神霊は二月一日から八月一日まで春宮にあり、八月一日から翌年の二月一日までは秋宮にあって国土の平安と豊穣を保証してくれるというわけである。なお、御霊代は建御名方神とその妻八《や》坂刀売《さかとめ》神を表象するが、この二神は『古事記』が成立した八世紀以降になって祭事に取り入れられたものであろう。

現在、遷座祭は新暦で執り行なわれているが、かつては旧暦の一月一日と七月一日の祭事であった。明治五年に旧暦から新暦に変更された以降に、季節感を重視して月遅れの祭事とされたのである。なお、遷座祭の前日にあたる旧暦一一月末日と六月末日には神霊を迎えるに先立って大祓《おおはらえ》が行なわれた。

諏訪大社では新暦の三月一七日に祈年祭《としごいのまつり》が行なわれる。これも旧暦では二月一七日の祭事であった。祈年祭は五穀豊穣を願う祭りで、「としごい」の「とし」は「年」の字が宛てられるが、本来は稲や穀霊を意味する言葉であった。諏訪大社上社にある大歳《おおとし》社や正月に「としだま」を授けてくれる歳神《としがみ》様なども同じ語源の言葉である。本来は稲の生育期間（春から秋までの半年間）を指す言葉であり、大陸から漢字や暦が導入されると「とし」は「年」あるいは「歳」と表記されて一年間を指すようになったのである。

祈年祭が催された旧暦二月一七日と言えば、二月の満月の二日後である。春分の日にも近い。稲作作業を始めるにあたって、新しい年の豊穣を願う「としごい」には最適の時期であっただろう。

大陸から太陰太陽暦（旧暦）が導入される以前、日本列島に住んでいた稲作民たちは太陽が真東から昇って真西に沈む春分・秋分のころの満月の日を「トシ」の始めとしていた。これなら正確な暦がなくても、その日が容易に特定できるからである。その痕跡が春宮・秋宮の遷座祭ではなかろうか。春宮に居ます神霊は稲の生育を半年間（春トシ）見守り、その収穫を終えると、次の稲作の準備をする残りの半年間（秋トシ）を秋宮の神霊が見守ったのである。

こうした春秋年が古代の日本で行なわれていたことは、三世紀末に編纂された「魏志倭人伝」に裴松《はいしょう》之《し》が加えた注に『魏略』（同じく三世紀末に編纂された歴史書）を引用し、「その（倭＝日本）の俗、正歳四節を知らず、ただ春耕秋収を計って年紀となすのみ」としていることからも確かであろう。つまり、当時の日本人は太陰太陽暦のような正確な暦を知らず、春秋の祭事でもって年を数えていたというのである。

春秋年は六世紀に至るまで年齢を数える際に使われていたようだ（高城修三『紀年を解読する』参照）。つまり、一太陽年で「二歳」歳を取ることになる。『古事記』『日本書紀』に見える古代天皇の宝算（寿命）が著しく長いのもそのためであろう。先に挙げた「魏志倭人伝」が倭人（日本人）は長生きで百歳まで生きるとしているのも、春秋暦の例証となろう。

しかしそれも、大陸から導入された暦が普及するにつれて、年の始めは一月一日とされ、一太陽年に一回のこととされた。とは言え、かつての春トシ・秋トシの名残はここかしこに痕跡を見せている。春宮・秋宮の遷座祭をはじめ、年に二回の大祓（六月晦日と一二月晦日）、年二回のボーナス、中元とお歳暮、年二回の藪入りなど幾つも挙げることができる。

これらは旧暦の影響で、春トシは一月から六月まで、秋トシは七月から一二月までとされているが、それ以前は春分・秋分に近い満月の日が「トシの始め」であったと思われる。これは律令時代に年二回、役人に下賜された季禄《きろく》にも窺がうことができる。旧暦二月上旬に春夏禄、同じく八月上旬に秋冬禄として布や鍬などが支給されたのは、それが旧暦の春分・秋分にあたる月で、しかも満月を迎える一五日の前であったことから、なお古い暦の記憶が残っていて、年二回の「トシの始め」を祝う準備の品が必要とされたのであろう。

季禄は唐の制度に倣ったものとされるが、彼の地では旧暦一月と七月に支給されたのに我が国では旧暦二月と八月の行事になっている。やはり春秋暦の記憶に基づく日本独特の習俗が残っていたからであろう。季禄は中元・お歳暮の起源であり、さらにそこに西洋由来のボーナスが重ね合わされたのであろう。

太陽暦・太陰太陽暦・春秋暦の関係

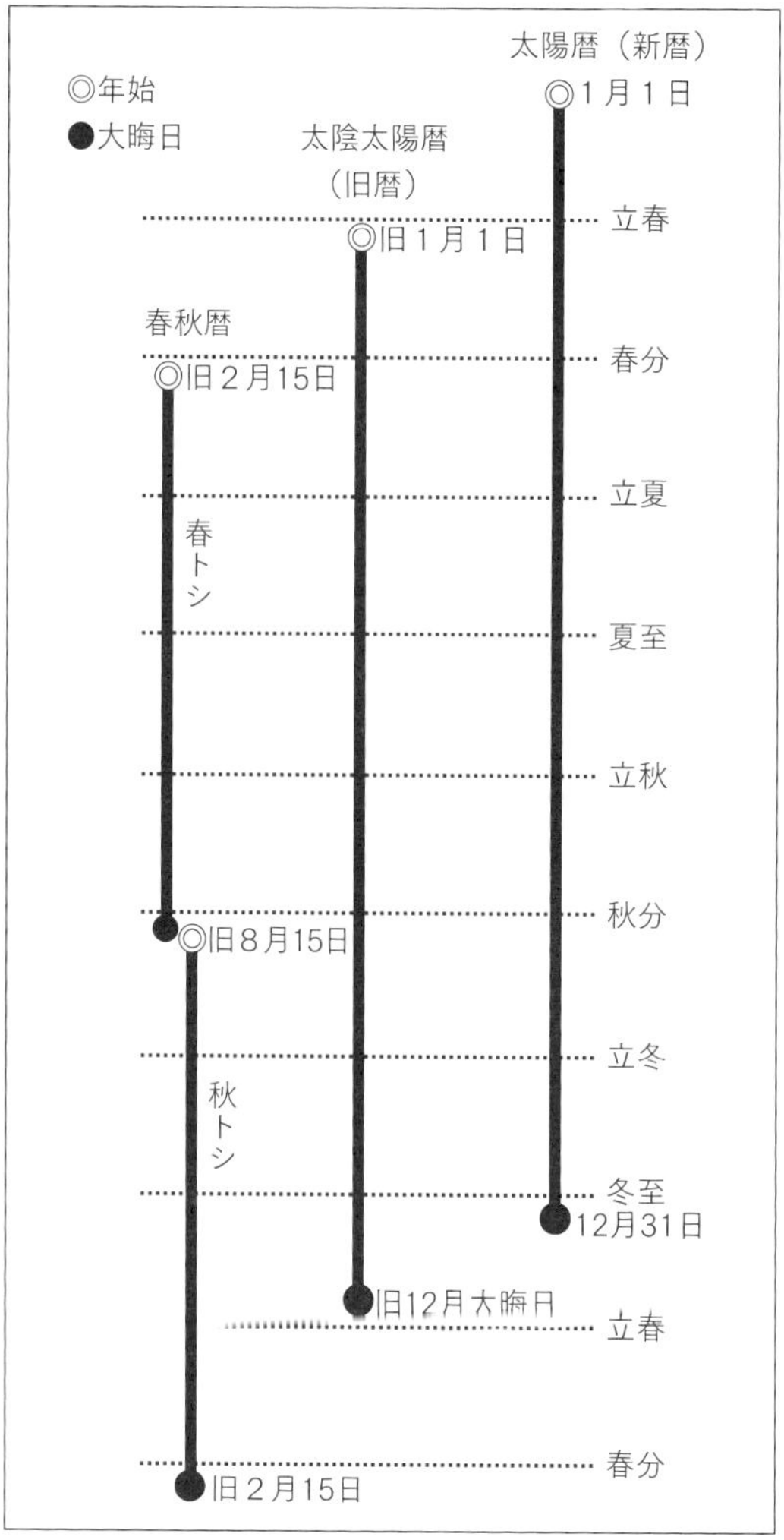

春秋暦の年始は春分・秋分のころの満月の日で、旧暦（太陰太陽暦）で言えば二月一五日と八月一五日となる。春トシと秋トシを合わせた月数は一二カ月もしくは一三カ月となる。旧暦は月の満ち欠けで月日を数える太陰暦と二十四節気（太陽暦）を合わせたもので、旧暦の一二カ月（月の満ち欠けは約二九・五日なので、大の月＝三〇日、小の月＝二九日がある）は太陽年の一年より一一日ほど短い三五四日となるため、一九年に七回の閏月を入れて調整する。旧暦の春は一月～三月、夏は四月～六月、秋は七月～九月、冬は一〇月～一二月となる。一方、新暦（太陽暦）の春は三月～五月、夏は六月～八月、秋は九月～一一月、冬は一二月～二月となるので、注意を要する（一六六ページ参照）。

新年・春

迎春

近ごろの年賀状はパソコンで打ったものが大概になってしまった。かくいう私も賀状に記す新年の挨拶はパソコンとインクジェットプリンターのお世話になっていたのだが、宛名だけは筆で書くことにしていた。しかしそれも七〇歳になって、思うところがあり、きっぱり止めてしまった。

新年の到来を寿《ことほ》ぐ年賀状であるが、さすがに東日本大震災があった翌年などには「おめでとう」の言葉をほとんど見かけなかった。その一方、定番の「賀正」「謹賀新年」に加えて「迎春」「賀春」などと記す賀詞は相変わらずであった。

「正月を賀す」「謹んで新年を賀す」という言葉は、年賀状に無理なく使える。しかし、冬至が過ぎて一〇日、しかもこれから小寒・大寒と寒さの極を迎え、立春は一カ月以上も先だというのに、「春を迎える」「春を賀す」という賀詞は、いささか生活感覚にそぐわない感じがする。今どきの若い人なら、なおさらであろう。

新年が春であるというのは、明治五年（一八七二）に西洋から新暦（太陽暦＝グレゴリオ暦）が導入される以前、千二百年にもわたって日本人が慣れ親しんできた大陸伝来の旧暦（太陰太陽暦）の感覚である。その旧暦では、一月から三月までが春であり、立春と元日（一月一日）が今日のように大きく離れることはなかった。つまり、年の明けるころが春の始めだったから、新年を寿ぐ「迎春」「賀春」という言葉に違和感はなかったのである。

とはいえ、旧暦は、月の満ち欠けによって月・日を数える太陰暦と太陽の運行によって二十四節気を配す太陽暦を併せたものであったから、立春と元日が必ずしも重なるものではなかった。と言うよりも、一致しない方がほとんどであった。これは、月の満ち欠けが一二回で約三五四日（太陽暦では一二カ月＝三六五日）であったから、年ごとに元日が一一日ほど早くなるので、それを調整するために一九年間に七回の割合で閏《うるう》月を入れなければならなかったことによる。そのせいで、しばしば立春のあとに元日が来るということがあった。

我が国最初の勅撰和歌集である『古今和歌集』（九〇五）の冒頭に置かれた在原《ありわらの》元方《もとかた》の歌に、

年の内に春はきにけり一年《ひととせ》をこぞとやいはむことしとやいはむ

というのがある。まだ元日は来ておらず、暦の上では年内にもかかわらず、すでに春（立春＝太陽暦では二月四日ごろ）が来ている、そんな年を去年《こぞ》と言うべきか、今年と言うべきかと、おどけて見せたのである。旧暦（太陰太陽暦）では、こうしたことがたびたび起こった。当時の人たちにはよく知られていたことだが、季節感に敏感な日本人には気になるところであったのだろう。だからこそ、在原元方の歌も勅撰和歌集の冒頭に採録されるという光栄に浴したのである。

ともあれ、旧暦における元日は立春の前後を大きく離れることはなかった。一方、新暦における立春は元日から三四日ほど後のことであり、春は三月から五月までとなっている。年が明ければ春という旧暦の伝統にのっとって年賀状に「迎春」と書くことに、違和感が生じるのも致し方ない。

旧暦から新暦に切り替わったことによる季節感の混乱は少なくない。正月の伝統行事となっている七草粥《ななくさがゆ》（七種粥）にしても、もとは旧暦一月七日に春の七草を粥にして食する行事だったが、新暦に変わってもそのまま一月七日の行事として引き継がれたために、日本人の季節感と折り合いの悪い行事になってしまった。

旧暦の一月七日といえば、年ごとに変動はあるものの、新暦ではおおよそ二月中旬ごろにあたる。このころなら、春の七草も新芽を伸ばし始めているだろう。七草粥が宮中の行事として定着する少し前のことになるが、時康親王（のちの光孝天皇）が詠まれた歌に、

きみがため春の野にいでて若菜つむわが衣手に雪はふりつつ

というのがある。百人一首にも採られている有名な歌だが、これなども新暦の二月中旬のことならしっくりとする。ところが、新暦一月七日の七草粥ではとても若菜

を摘むわけにはいかない。今日、スーパーなどに出回っている春の七草はビニールハウスで促成栽培したもので、いわば自然を無理やり暦に合わせているのである。日本列島は大陸東岸海中の中緯度地帯に位置するため、四季の変化が鮮明で、豊かな植生をもっている。その中で、日本人は縄文時代以来一万数千年にわたって繊細な季節感を育んできた。すでに『万葉集』には四季の部立《ぶだて》が見え、それが和歌に引き継がれ、さらに中世の連歌、近世の俳諧において鋭敏な四季の感覚が磨かれた。明治中期に近代文学の一ジャンルとして成立した俳句においても、そうした伝統は受け継がれ、何千という季語を収めた歳時記がつくられるに至っている。

しかし、明治五年の改暦によって年の始めが一カ月余りも前に進んだために、日本人の季節感に微妙な齟齬《そご》を来すようになった。歳時記などでは、伝統的な季節感と現実の季節感の間隙を埋めるために新たに「新年」という季をつくっている。「迎春」「賀春」も新年の季語ということになるのだが、それでもなお違和感は残る。

門松

正月に門松は欠かせない。中央に竹を三本立てて、その周囲を松で埋め、南天などの縁起物の植物を配する豪華な門松は、景気の良い商家や会社の門前くらいでしか見られないが、今日でも、門松の本来の形式である根付きの小松や松の枝を飾る家は少なくない。その一方、簡単な注連《しめ》飾りを年の瀬に買ってきて玄関先に飾るだけの家も多くなっている。

門松も注連飾りも同じ正月飾りではあるが、その意味するところは大きく異なっている。注連飾りはそこが聖なる地であることを示し、神の領域と俗世を分ける結界でもある。つまり、邪悪なものが屋内に入るのを拒否し、そこに歳神様《としがみ》（正月様、歳徳神《としとくじん》などとも言う）を迎える用意が整っていることを表示しているのである。これに対し、門松は家々の祖霊でもある歳神様が間違いなくやってくるための依代《よりしろ》である。

歳神様の依代となる松は、長寿で、しかも年中緑の葉を付けているところから「千年の常盤木《ときわぎ》」と呼ばれ、古くから神聖な樹木とされていた。めでたい歌として「高砂や、この浦舟に帆を上げて」と結婚式などで謡われる「高砂の松」、能舞台の鏡板に描かれた「鏡の松」、さらには歌舞伎舞台に描かれる「松羽目《まつばめ》」など、いずれも神聖な神の依代として松が扱われている。

その松を依代として正月にやってくる歳神様は、一家を守護してくれる先祖の霊であるばかりでなく、多彩な性格をもつ神である。歳神の歳《とし》は日本の農業の根幹であった稲の霊（穀霊）を指しており、ひいては稲の生育する期間（六カ月）をも言うようになった。こうしたことから、年の始めに来訪してその一年（古代の我が国に大陸から暦が入ってくる以前は六カ月が一年と数えられた）を守護してくれる神（大歳神）ともなり、また年の始めに一年の豊作を予祝してくれる稲作の神、田の神ともなったのである。この神によって、春の田起しに始まり、苗代《なわしろ》づくり、田植えをへて秋の収穫に至る

までの一連の農作業が保障された。

歳神様を迎える行事は元日だけのものではない。今日では門松や注連飾りは年末にスーパーやインターネットで買い求めるのが一般的になってしまったが、かつては家ごとに一二月一三日から用意し二八日に飾るのが習わしであった。その間に歳神様の供物である餅つきが行なわれた。そして大晦日になると除夜の鐘を聞いて新年を迎えることになる。これは神迎えの行事が仏教と習合したもので、白八つの鐘の音は煩悩の数だとか四苦八苦（四×九＝三六、八×九＝七二）を合わせた数だとか説明されているが、要するに歳神様を迎えるために、邪悪なものを祓い、場を清める行事がもとになっていて、旧暦大晦日の宮廷行事であった追儺《ついな》（鬼やらい）や「鬼は外、福は内」と叫びながら豆で鬼を追い払う節分の行事に同じである。年末の煤《すす》払いも同様の行事である。

歳神様は門松を頼りにしておいでになり、それによって年も改まる。その神様への供え物が鏡餅である。一方、歳神様からはその年を寿《ことほ》ぐ年玉（霊）をいただき、家族一同して一つ年を取ることになる。

歳神様の来訪に欠かせぬ門松は、すでに平安時代後期の「堀河百首」に採られた歌にも詠まれている。室町中期に活躍した一休宗純（一三九四〜一四八一）も次のような狂歌を詠んでいて、門松を立てる風習がすでに一般的になっていたことが分かる。

門松は冥途の旅の一里塚馬かごもなくとまりやもなし

門松を飾り、歳神様を迎えておめでたいと喜んでいるが、門松はあの世（冥土）に向かう旅の一里塚ではないか、しかもその旅路は乗り物もなく宿屋もない厳しいものだ、というのである。現代の人には、なぜ一休さんが門松を冥土への旅の一里塚と見なしたのか、今一つぴんと来ないかもしれない。しかし、門松が歳神様を迎える依代であり、その歳神様によって皆等しく一歳年を取ったと知っていれば、この狂歌の面白さも納得できよう。

まだ桃青と名乗っていた頃の松尾芭蕉も延宝五年（一六七七）の「六百番誹諧《はいかい》発句《ほっく》合《あわせ》」において次のような句を詠んでいる。

門松やおもへば一夜《いちや》三十年

この年の正月、芭蕉は三四歳になっている。もちろん数え年だから、今日風に満年齢で言えば三二歳になる。芭蕉はそれを「三十年」という概数にして、門松を見ると、これまでの人生は一夜で一つ年を取ってしまう大晦日の夜のごとく目まぐるしく過ぎ去ったように思われるというのである。

年末に立てた門松（松飾り）を飾っておく期間を松の内という。この松の内も地方によって異なっていて、現在では正月七日までとするところが多くなっているが、一五日まで松の内とする地方も少なくない。正月一五日といえば小正月で、この日に、松飾りや注連飾りなどを焼く火祭り（左義長《さぎちょう》・どんど焼き）が行なわれる。これをもって、およそ一カ月に及ぶ正月行事が終わることになる。

旧暦の時代では、歳神様を迎える元旦（元日の朝）からの正月行事は春の季語、それまでの正月行事の準備期間は冬の季語となる。春・夏・秋・冬という部立をして四つの季節に歌を配列するのは『万葉集』以来千二百年の伝統であったが、明治の改暦によって新年の行事がおよそ一カ月も早まってしまったために、近代の俳句歳時記においては、元日から立春までの新年行事（旧暦では小寒・大寒の時期に当たり冬）に対して「新年」という季が必要となってしまったのである。

七草粥

正月七日に七草粥（七種粥）を食して一年の無病息災を祈るというのは、日本の正月に欠かせない行事になっている。おせち料理に飽きた胃袋も、さっぱりした七草粥にほっとする。この七草粥で正月行事も一段落して松の内が終わり、新しい年が本格的に動き始める。

それにしても、なぜ正月の七日に七草（七種）の野草（野菜）で粥をつくるのだろうか。そもそも新暦一月七日といえば二十四節気の小寒にあたり、これから寒さの極みに向かうころだから、野は一面の枯野、北国ならば雪で埋め尽くされている。こんなときに若菜など摘みようもない。これはもともと旧暦の一月七日だった七草粥の日をそのまま新暦の一月七日に移したために起こった現象である。

七草はどういう野草なのか。一四世紀半ばに書かれた『河海抄』という『源氏物語』の注釈書には次のような歌が見えている。

せり　なずな　ごぎょう　はこべら　ほとけのざ　すずな　すずしろ
これぞ七草

すずなはカブ、すずしろはダイコンで、これは今日でも野菜として普及している。せりも同様である。なずなはいわゆるペンペン草で、道端などでよく見かけるが、私の子ども時代には糠に混ぜて鶏のエサにしていたから、多くの人には雑草の感覚であろう。ごぎょう、はこべら、ほとけのざも、野や畑で見ることは少なくなった。

こうした七種の若菜を一月七日までに採集するというのは至難の業であろう。そこで、今日では、正月三が日が明けて七日が近づくとスーパーの野菜売り場に温室栽培された「七草セット」と称するものが並んでいる。我が家の七草粥も、それなくしては成り立たない。

春の初めに七種の若菜を食するというのは、ずいぶん古い行事であった。先に挙げた光孝天皇（在位八八四〜八八七）の歌に、「きみがため春の野にいでて若菜つむわが衣手に雪はふりつつ」とある。光孝天皇は五五歳で即位されるまで親王時代が長かった。この歌も即位以前に詠まれたもので、『古今和歌集』の詞書には「人に若菜たまひける御歌」とあるので、この「人」は親王が恋した妃の一人、あるいは親王との間に四男四女を儲けた班子《はんし》女王であっても不思議ではない。親王は若菜を採るために春の雪の中に出て行かれたのである。降る雪の冷たさと親王の熱い思いがひしと伝わってくる。

光孝天皇は宮中行事の再興に尽力された方である。そうした行事の一つに「若菜」があった。これは正月の最初の子《ね》の日に七種の若菜の羹《あつもの》（お吸い物）を献上する宮中行事であった。春の野で若菜を摘むのは宮中に取り入れられる以前から我が国の古い習俗であったらしく、『万葉集』にも数多く見えている。

春の野にすみれ摘みにと来しわれそ野をなつかしみ一夜寝にける

（山部赤人）

このすみれは花を摘んだのではなく、すみれの若菜を摘んだのであろう。一〇世紀前半に編纂された『和名抄』にはすみれが野菜類として挙げられているし、古い時代には若菜の種類も七草のように定まってはいなかったのである。

それにしても、赤人の歌の季節は、一夜とはいえ野に寝泊りするほどだから、先に挙げた光孝天皇の春の雪のころよりもさらに春めいている。旧暦一月七日のころとはとても思えない。おそらく、こうした若菜を摘む野遊びの習俗は、大陸から太陰太陽暦が伝わる以前の日本の「トシ」の始め（春分・秋分のころの満月の日）に先立つ物忌み、精進として行なわれていたのではなかろうか。すみれが食べごろになるのも春分のころである。

それにしても、なぜ七草粥は一月七日に食することになったのであろうか。暦のない時代に日にちを知るには月を見るしかない。七日は月が半分満ちた状態（七日月）で、祭事の目印となる満月の八日前にあたるので、物忌みや精進の始まりの日として好都合だったのであろう。さらに、唐の時代の大陸では一月七日の「人日《じんじつ》の日」に七種の野菜を使った汁物（七種菜羹《さいこう》）を食して無病息災を祈る行事があり、これが我が国に伝わって春の若菜摘みの行事と習合したと考えられている。

しかし、これらの行事の主題はあくまで野草（野菜）である。そこに穀物が加わって粥となったのは、もう一つの正月宮中行事であった「七種粥《ななくさ》」との習合が考えられる。

九二七年に編纂された『延喜式』によれば、一月一五日（小正月）には宮中でコメ・アワ・キビ・ヒエ・ミノ（蓑米）・ゴマ・アズキの七種の穀物を使った七種粥を天皇に献上したという。『土佐日記』においても、紀貫之が船で土佐から京都に上る途中に記した承平五年（九三五）正月の日記では、七日に「若菜」の行事を思い出したことに加え、一五日には小豆粥を煮なかったことを残念がっている。この七種粥の行事が後に民間に流布した。今日でも青森県などには小正月の日に根菜類や大豆などを炊き込んだ「けの汁」を食する風習があるのも、そうした遺風であろう。

こうした小正月の行事が先の若菜摘みや人日の行事などと習合し、今日の七草粥として定着したと考えられる。特に徳川幕府において、一月七日の「人日」が五節句の一つとして公式行事に加えられたことも大きかった。

いずれにしても、七草粥は正月行事であり、春の行事であったが、旧暦の明治五年一二月三日を新暦の明治六年一月一日とする改暦によって、一月七日の七草粥は冬真っただ中の行事になってしまったのである。和歌から連歌・俳諧へと千年以上にわたって受け継がれてきた季節感は、ここで大きな齟齬をきたすことになる。さらに、連歌・俳諧の発句を独立させて近代文学の一ジャンルとなった俳句では季語が不可欠なものであったから、なおさらである。その解決策として、歳時記などではあえて「新年」という季をつくり、正月行事をここに収めたのである。

春一番

二〇一八年の冬はシベリアからの寒波が幾度となく押し寄せ、北陸や東北・北海道からは豪雪のニュースがしきりに報じられた。地球温暖化が叫ばれている中で、それと真逆な寒い冬だったが、二月から三月になったとたん、西日本から東日本まで相次いで春一番に見舞われた。

春一番は、立春（二月四日ごろ）から春分（三月二一日ごろ）までの間に初めて吹く、南寄りの強い風である。気象庁では秒速八メートル以上の風が吹けば春一番としているが、実際は秒速三〇メートルを超える風が吹き荒れて各地に大きな被害をもたらした。まさに「春の嵐」である。

春先は北の寒気団と南の暖気団が日本列島あたりでぶつかる。そのとき、列島の南岸を低気圧が進めば寒気団が南下して太平洋岸に思いがけない春の雪をもたらす。一方、低気圧が日本海を進めば暖気団が列島まで押し寄せてきて、春の到来を告げる暖かい南風が吹くことになる。これが春一番で、年によっては春二番、春三番と続くこともある。

春一番という言葉は気象用語であるが、これとよく似たものに木枯し一号がある。こちらは一〇月半ばから一一月末にかけて、西高東低の冬型の気圧配置の下で、秒速八メートル以上の北寄りの強い風が最初に吹いたとき、「木枯し一号」として認定される。ただし、その発表は関東（東京）と関西（大阪）に限られている。

春一番は気象用語であるばかりでなく、歳時記にも採られていて、日本人には馴染みの言葉である。ただ、その歴史は思いの外に新しい。

長崎県壱岐《いき》市郷ノ浦町の港の入口にある元居公園に「春一番の塔」が建てられている。二つの帆を高く立てた船をイメージさせる、白い瀟洒《しょうしゃ》な塔である。

安政六年（一八五九）二月一三日（西暦では三月一七日）に、この地の漁船が強風に遭って転覆し、五三人もの漁師がなくなったことから、地元の人たちがその風を「春一」とか「春一番」とかと呼ぶようになったという。この話を知った民俗学者の宮本常《つね》一《いち》が『俳句歳時記』（一九五八）に「春一番」として採録し、多くの人に知られるようになった。そうしたことから、昭和六二年（一九八七）に郷ノ浦町に「春一番の塔」が建立され、今では春一番発祥の地として観光スポットになっている。

もう一つ、「春一番名付けの日」というのもあるらしい。これは昭和三八年（一九六三）二月一五日をいう。その日の朝日新聞朝刊の「春の突風」という記事で「春一番」という語が初めて使われたからというが、いささか牽強付会の感がしないでもない。

昭和三八年の冬は日本海を中心に大豪雪に見舞われ、新潟県長岡市では三一八センチの積雪を記録したし、九州南端の鹿児島県枕崎市でも二八センチもの降雪があった。各地に大きな被害が出たことから、その年を冠して「三八豪雪《さんぱち》」の名で喧伝された。異常な寒波が前年一二月から二月まで長く続いたということも、二〇一八年の冬の気象に似ているかも知れない。

春一番という語は江戸時代ごろから幾つか地方の文献にも残されているらしいが、それが広く知られるようになったのは歳時記や新聞に取り上げられるようになった戦後の高度経済成長時代以降のことである。
戦後、前衛俳句の旗手として活躍し、二〇一八年に九八歳で亡くなった金子兜太《とうた》に次のような作品がある。

熊のいない山のあなたの春一番

カール・ブッセの「山のあなた」に見える一節「山のあなたの空遠く、幸住《さいはい》むと人のいふ」（上田敏訳）を巧妙に取り込んで、「熊のいない山」と「春一番」の出会いを幻視した俳句である。
春二番を詠った俳句もある。

れんぎょうの金《きん》の棒振り春二番（佐藤さだ女）

小さな黄色い花をいっぱい着けた「れんぎょう」を金の棒とみて、それを春二番の風が振っているように見えるというのである。春一番でもよかったはずだが、あえて春二番をもってきたところに作者の意地を見せている。

春一番を若い人たちにまで広めたのは、一九七〇年代に活躍したアイドルグループ「キャンディーズ」が歌った「春一番」であろう。

もうすぐ春ですね　ちょっと気取ってみませんか（穂口雄右《ゆうすけ》作詞）

軽やかなリズムで、「もうすぐ春ですね」と語りかけてくる歌詞がくりかえされると、思わず心が浮き立ってくるのだが、ふと気になって、このレコードが発売された日を調べてみたら、昭和五一年（一九七六）三月一日にCBSソニーから発売されていた。二〇一八年の春一番が吹いた日と同じである。春一番が吹くころを狙って売り出されたのだろうが、この歌が「春一番」という語の普及に貢献したことは間違いないであろう。なお、春一番は旧暦で考えれば春だが、新暦ならば三月以降でなければ春にはならず、「もうすぐ春ですね」というのだから、キャンディーズの春一番は二月に吹いた風ということになる。

三月は思いのほか強い風に見舞われる。風速一〇メートル以上の風が吹く日数を月毎に比較しても、台風シーズンの九月やシベリアからの冬の季節風が吹きつける一月、二月よりも、三月が飛び抜けて多いのである。二〇一八年の春一番がそうであったように、台風並みに発達した低気圧の威力はすさまじく、各地に大きな被害をもたらす。テレビでは「爆弾低気圧」という恐ろしげな造語まで飛び交っていた。キャンディーズの歌のように「もうすぐ春ですね」と浮き立ってばかりではいられない。

猫の恋

立春の日、それを待ちかねたように隣家との境界あたりから雌猫の妖しい鳴き声が聞こえてきた。常の鳴き方とは違い、人間の乳児が乳をねだって泣くようでいて、それよりも野太く、妙になまめかしい。その声を耳にすると、もう「猫の恋」の季節かと、春の到来に思いを致すことになる。

我が家にも雌猫はいる。二〇〇四年の夏に琵琶湖畔に住む友人を訪ねたおり、私の足元に近づいてきた生後一カ月ばかりの子猫の愛らしさに一目ぼれしてしまい、尋ねてみれば引き取り手を探しているとのことで、一も二もなく譲ってもらったものである。ミィと名づけて、私の書斎を猫部屋にし、ドアの裾には小さな猫窓を設け、子どもたちが巣立ってがらんとした家の中を自在に走り回らせた。我がまま気ままな猫は筆者のような物書き業とはすこぶる相性がよかった。

ところがである。まだ生後八カ月だという翌年の春先、突然、あの妖しく野太い鳴き声が始まったのである。まだまだ子猫と思っていたから、信じられないほどの豹変だった。ミィの声に誘われて、どこからともなく雄猫が庭先をうろうろし始めた。静かな夜中の鳴き声はいっそう耳につく。妻は近所迷惑だから避妊手術をと、しきりに催促する。煩悶の毎日だった。しかし、悩ましい日々が一〇日ほども続いたあと、発情期の狂態が不意に止んで、ミィは以前の愛くるしいミィに戻った。ほっと安堵したものの、それも束の間、翌月にはまた物狂おしい鳴き声が始まった。

猫の発情期は春の初めから秋の初めまで続くという。妊娠しない限り、秋まであの声を聞かされては堪らないと、妻はペットクリニックを予約して避妊手術を迫った。私もこれには従わざるを得なかった。以来、我が家の猫は恋を知らない。

猫の恋止むとき閨《ねや》の朧月（松尾芭蕉）

発情期の猫が鳴き止むのは、その恋が成就したとき、つまり雄猫と交尾し終えたときか、数日から一〇日余り続く発情期が虚しく終わってしまったときだが、それはいつも突然にやってくる。夜半、芭蕉も猫の妖しい鳴き声に悩まされていたのだろう。今まで物狂おしく雄猫を求めていた声が不意に止み、そのあとに広がる閨の静寂とそれを照らす朧月のなまめかしさが匂い立ってくるような句である。

猫の恋は突然に終わる。そして今までの狂態が嘘であるかのように平然としている。芭蕉十哲の一人に数えられる越智越人《おちえつじん》はそんな思い切りの良い猫の恋を我が恋に重ねてうらやんだ。

うらやまし思ひ切《きる》時猫の恋　（越智越人）

芭蕉はこの句を「越人猫の句、驚《おどろき》入り候」と絶賛している。越人の初めの句は「思ひ切る時うらやまし猫の恋」であったのを芭蕉が改作したものであったらしいが、どこかたどたどしかった句が「うらやまし」を上五に置いて格段になまめかしくなった。

越人の発句は藤原定家（一一六二〜一二四一）の歌と伝承される「うらやまし声もをしまずのら猫の心のままに妻こふるかな」（北条五代記）を踏まえて詠んだとされる。定家が心のままに雌猫を呼び続ける野良猫を我が身に重ねてうらやんだのに対し、越人は猫の恋の思い切りの良さをうらやんだのである。伝統的な本歌取りの手法だ。

越人の発句はともかく、定家の歌にはいささか問題がある。そもそも『北条五代記』は戦国の雄であった北条氏五代の逸話を江戸時代の初期になってまとめた書であるうえに、定家の歌に俳諧的な言葉である「のら猫」が詠まれているのも不審で、後世の偽作であってもおかしくはない。しかも、定家の歌では雄猫が雌猫を誘う声を上げたことになるが、先にも挙げたように発情期になまめかしい鳴き声を上げるのは雌猫であり、雄猫が「妻こふる」鳴き声を上げるはずもない。あの定家が、こんな間違いを犯すとは思われないのである。

同じ動物でも、発情期の鹿は雄が雌を求めて鳴く。「夕されば小倉の山に鳴く鹿は今夜《こよひ》は鳴かず寝《い》ねにけらしも」（舒明天皇『万葉集』巻八）など、雄鹿の鳴く声は秋の物悲しい風情として古く万葉時代から歌に詠われてきた。定家作とされた歌において雄猫が妻を恋うて鳴くとされたのも、案外こんなところに錯誤の原因があったのかもしれない。

いずれにしても、発情期の猫のふるまいを「猫の恋」と表現したのは手柄であった。「発情する」だの「番《つが》う」だのではいかにも即物的すぎるが、「猫の恋」とくれば何やらなまめかしく、人の恋にも重なってゆかしく感じられるのである。

猫の恋は春の季語とされている。だが、その発情期は春の初めから秋の初めまで続き、夏に猫の恋がないというわけではない。それでも、やはり印象的なのは春先に聞く鳴き声である。鶯の声は夏でも耳にするが、ただ鶯と言えば春の季語として扱われるのと同じように、和歌の伝統を引き継いだ歳時記上の約束としての季語と考えればよかろう。

こうした猫の恋を歳時記に定着せしめることになった功労者としては、やはり芭蕉を挙げなければならないであろう。芭蕉七部集の一つ『猿蓑』には、先に挙げた越人の発句の前に芭蕉の次のような発句が採られている。

麦めしにやつる、恋か猫の妻

麦飯ばかりの餌でやつれている雌猫が恋のためにさらにやつれたように見えるというのである。加藤楸邨《しゅうそん》の『芭蕉全句』には「猫の妻」「猫の恋」を詠んだ発句がそれぞれ二句見えている。芭蕉が残している発句は千句ほどだから、これは決して少ない数ではない。しかも、いずれ劣らぬ好句である。

梅の花

厳しい寒さの極限となる大寒を過ぎ、立春を迎えると、寒気の中にも光の春が感じられるようになる。そんなころに梅は冬枯れた枝に凛とした花を付け、かぐわしく上品な香りを放つ。春の訪れを告げる花である。

梅《うめ》という植物名は大陸起源で、梅の呉音（マイ）に由来する。「マイ↓（メ）↓ウメ」と変化したもので、同じような由来を持つものに馬《うま》があり、こちらも「マ↓ウマ」と変化した。

梅は日本の自生種ではなく、大陸原産の植物で、その実を食用・薬用とするために七世紀後半ごろ、日本に移入されたという。その梅の花が、奈良時代の貴族たちに舶来の花として寵愛された。文献上の「梅」の初出は、『懐風藻』（七五一）に収められた葛野王《かどの》（六六九〜七〇五）の漢詩「春の日、鶯梅を翫《はや》す」とされている。

『万葉集』には一一九首も梅の歌が詠まれており、それに対して日本の伝統的な花である桜は四三首にとどまっている。とはいえ、『万葉集』に見える梅の歌の多くは八世紀前半の天平年間（七二九〜七四九）に集中している。天平二年（七三〇）の正月一三日に、大伴旅人《たびと》が任地の大宰府の邸宅で催した梅花宴では参加者によって三二首もの梅の歌が詠まれている。これだけでも『万葉集』中の三割近くを占める。

旅人は酒と梅をこよなく愛好していたが、その異母妹に当たる女流歌人の大伴坂上郎女《さかのうえのいらつめ》も、天平九年（七三七）に下された禁酒令にもかかわらず、親しい人と梅の花の下で酒宴を催した歌を詠んでいる。

酒杯《さかづき》に梅の花浮《う》けて思ふどち飲みての後は散りぬともよし

梅の花の下で親しい者と梅の花びらを杯に浮かべて飲んだ後は梅の花が散ってしまってもよい、という歌だが、禁酒の法令下だから「散りぬともよし」には我が身が滅びてしまってもよいという大胆な思いも含まれているだろう。いずれにしても、舶来の梅の花は奈良時代の貴族階級にとってあこがれの花であった。
しかし、その梅の花のブームも平安時代になると様相が違ってくる。一〇世紀初頭に成った『古今和歌集』の編者でもある紀貫之《きのつらゆき》は、長谷寺《はせ》（奈良県桜井市）に参詣した折、定宿にしている家を久しぶりに訪ねて、次のように歌っている。

ひとはいさ心もしらずふるさとは花ぞむかしの香ににほひける

前書によれば、歌に詠われた「花」は梅の花である。その一方、『古今和歌集』には次のような歌も見えている。

花ちらす風のやどりはたれかしる我にをしへよ行きてうらみむ（素性法師）

同じ「花」だが、こちらは前書から桜の花を詠んでいることが分かる。桜の花を散らす風がどこに留まっているか知っているなら教えてほしい、そこへ行って恨みごとを言うから、というのである。貫之の歌に見えるように梅はその香りが注目されているのに対し、桜はその花の散るさまに興味が向かっているのも面白い。『古今和歌集』においては、桜が七五首、梅が二二首詠われており、桜が梅を圧倒している。これ以降、歌や連歌の世界では、ただ「花」といえば桜を意味するようになっていく。

桜は稲作と深い関係があり、日本人の生活と密接につながっていた。神話の中でも、高天原から降臨した天孫ニニギノ命《みこと》が娶《めと》ったコノハナノサクヤ姫は桜の精であった。また、履中《りちゅう》天皇（五世紀前半）の時には池に船を浮かべて宴をしていたおりに杯に桜の花びらが落ちてきたことから、天皇の宮を稚《わか》桜宮と称したとされているなど、八世紀初めに編纂された『古事記』や『日本書紀』には桜の花がしばしば登場する。その一方、七世紀後半に船来した梅は一例も見当たらない。

七九四年に桓武天皇が平安京に遷都したとき、紫宸殿《ししんでん》の前に植えられた木は橘と梅であった。ところが承和年間（八三四〜八四八）に梅が枯れてしまったために、仁《にん》明《みょう》天皇（八三三〜八五〇）のとき、梅に変えて桜が植えられた。これは代を引き継いで、現在も京都御所に「左近《さこん》の桜」として残っている。

つまり、平安時代前期に梅から桜への嗜好の変化があり、『古今和歌集』の時代には桜が梅を圧倒するようになったのである。しかしこのとき、梅の花に思いがけない援軍が現れる。

東風《こち》ふかばにほひおこせよ梅の花あるじなしとて春を忘るな

『拾遺和歌集』に採られたこの歌は、昌泰四年（九〇一）、菅原道真が藤原時平の陰謀によって失脚させられ大宰権帥《だざいのごんのそち》に左遷されたとき、自邸の紅梅殿を離れる際に詠んだとされている。寵愛した梅の花に向かって、春の東風に乗って西の果ての大宰府まで匂ってくれと詠いかけたのである。

二年後、道真が大宰府において失意のうちに没すると、政治の敗者に同情を寄せる人たちの屈折した思いが、怨霊思想と相まって道真＝天神思想を形づくっていく。

まず、「にほひおこせよ」と呼びかけられた紅梅殿の梅が大宰府まで飛んでいったという飛梅伝説が生まれ、やがて雷神・天神となった道真の怨霊が政敵たちに襲い掛かる。その祟りを鎮めるために北野天満宮が建立され、道真に正一位、太政大臣が追贈された。

天神となった道真は、時代の流行を巧みに映して、歌の神、連歌の神、学問の神、手習いの神として厚い信仰を受け、現在では受験の神様として絶大な人気を誇っている。そうした信仰は梅の花と深く結びつき、日本人にとって桜と共に春に欠かせない花となった。梅が春の到来を告げる花であり、桜が春の盛りを演出する花という棲み分けも好都合であった。

梅の花は歌のみならず絵画の世界でも愛好され、江戸時代中期には尾形光琳が「紅梅白梅図」を描いて梅の名誉を高からしめた。民衆に愛好された江戸端唄《はうた》にも、

梅は咲いたか　桜はまだかいな

と唄われ、春を待つ日本人には忘れられない花となったのである。

花見

毎年恒例になっている「花の連歌会」は、京や近江の桜の名所を訪ねて興行する連歌会である。二〇一二年の「花の連歌会」は四月三日、京都御苑内に残されている旧九条邸庭園跡の茶室「拾翠亭《しゅうすい》」で予定されていたのだが、四月にまでずれこんだ寒波のために桜の開花が遅れて、テレビが伝える毎日の開花予想にやきもきした。しかし、これは例年のことである。

ようやく迎えた連歌会当日、耳に新しい爆弾低気圧なるものが襲来して、近世公家の茶室で連歌興行中の三時間、激しい暴風雨と春雷に見舞われた。経験したことのない凄まじさだった。それが一転して、連歌の終わる頃には天気が急回復し、西の空から春の陽光が差しはじめたのである。

これも連歌の功徳であろうか。ちらほら咲きの京都御苑を南から北へと散策しながら旧近衛邸の庭園跡まで歩き、早咲きで知られる「近衛の糸桜」に対面することができた。満開だった。和歌や連歌にしばしば詠まれてきた名高い糸桜は、私たち連衆を待ちかねていたように優雅に咲き誇っていた。これが、その春最初の花見であった。

普通、「花見」と言えば、その対象は桜の花と決まっている。梅や藤の花を見に行くなら、「梅の花見」「藤の花見」とでも言わなければ誤解をきたすおそれがある。和歌や連歌の世界でも、ただ「花」とだけ言えば「桜の花」を意味する。

ねがはくは花の下にて春死なんそのきさらぎの望月《もちづき》のころ

『新古今和歌集』第一の歌人と称された西行の歌で、自らの死を釈迦涅槃《ねはん》の日に同じく「きさらぎ（如月）の望月のころ（旧暦二月一五日）」と予言したものだが、ここに詠まれた「花」は、言うまでもなく西行がこよなく愛した桜の花である。一方、梅の花なら、梅ということを明示しなくてはならなかった。

日本人にとって桜の花は特別なものであった。寒い冬を耐えしのいだのち、春の盛りに一斉に華麗な花を咲かせ、惜しげもなく散っていく桜は、日本人の精神そのものとされ、数知れぬ歌に詠まれてきた。現在では国花ともされている。だからこそ、他の花々とは一線を画されて、ただ「花」と言えば桜の花でなければならなかったのである。

ところで、花見とくれば、酒食が付き物である。花見酒とか花見団子という言葉まである。こうした言葉も、桜以外の花ではちょっと考えられない。

私は小学校五年になるまで高松市郊外の田園地帯に住んでいたのだが、そこでは毎年桜が咲くころになると、二キロほど離れた堂山のふもとにある護国神社の境内に近隣の農家の人たちが老若男女一家総出で集まり、茣蓙《ござ》を敷き延べて、春の一日、花見の宴を楽しんだものだった。子どもにとっては、近所の遊び仲間が集まり、盆や正月のような御馳走が並ぶ楽しい日だった。護国神社は小高い見晴らしのよい場所にあったので、遥かに在所のあたりが一望でき、あそこの家の佇まいがどうだの、今年の田んぼはどうだのと、花の下で酔った大人たちが評定していた。今から思えば、あれは古代の国見行事に連なるものであったのだろう。

花見に酒食が欠かせないのは、ただ遊楽のためばかりではなかった。稲の神であるサの神を迎え、一年の豊穣を祈願する稲作神事であった。そもそも酒（さ・け）はサの神に供える食（け）に他ならなかった。その酒を神と人とが共に飲んで酔うことが神事には欠かせなかったのである。

サの神の「サ」は、神に捧げる聖なる田を意味した「真田（さ・な・だ）」（サの田、「な」は「の」に当たる助詞）、田植え役の聖なる処女である「早乙女（さ・おとめ）」、田植えの月である「皐月（さ・つき）」（五月）、聖なる稲の苗である「早苗（さ・なえ）」などの熟語に見られる。また、田植えに先んじて山から里に降りてくるサの神を迎える稲作行事を「さおり」（サ降り）、逆に田植えの後、サの神を再び山に送り返すのを「さのぼり」（サ登り）と称する地方もある。

要するに、稲の神（穀霊）であるサの神を山から里に迎え、神人共食して、その年の豊穣を願う一連の稲作行事なのだが、その際、山から里に降りて来るサの神と里人の交歓する場が桜の木の下だったのである。桜（さ・くら）はサの神の座（くら）

を意味する。すなわち、神のやどる場である。春になって冬枯れていた枝に美しい桜の花が咲く。それがサの神の出現と見られたのである。昔話の「花咲か爺さん」が枯れ木に花を咲かせるのも、そうしたサの神の姿を彷彿とさせてくれる。

もともと農村の稲作神事であった花見が都市の一般住民にまで普及するのは、第八代将軍徳川吉宗が江戸町民に花見を奨励してからといわれているが、稲作との直接の関わりを持たなかった都市住民にとっては、花見はもっぱら春の遊楽として受け取られたであろう。都市人口が国民の大部分を占めるようになった現在、その傾向はますます強くなっている。二〇一一年の東日本大震災のあと花見の自粛が叫ばれたのも、こんな非常時に桜の下でどんちゃん騒ぎをするのはけしからんという発想からだが、もう少し花見の本義をわきまえて、花の下で神と共に酔い、一年の豊穣を祈ってもよかったのではあるまいか。

花祭り（灌仏会《かんぶつえ》）

小学校に入った年だったか、その翌年の春だったか、今となっては記憶も定かではないのだが、地域にあった浄土真宗の寺で催された花祭り（灌仏会）に参加したことがある。造花で飾った花御堂《はなみどう》に安置されたお釈迦様の像に見よう見まねで甘茶をかけ、それを檀家の子どもたちが行列をつくって曳き歩いた。戦後のベビーブームの世代なので子どもの数も多く、しかもまだテレビのなかったころだから、振り返ってみれば、素朴ながら賑やかで楽しい祭りであった。

灌仏会は仏生会《ぶっしょうえ》とも言い、釈迦《しゃか》の生誕を祝う仏教行事である。お釈迦様の像に甘茶をかけるのは、釈迦生誕のおり九頭の竜が天から甘露を灌《そそ》いで産湯《うぶゆ》にしたという伝説にならったもので、キリスト教徒がイエス・キリストの生誕を祝うクリスマスにあたるが、日本では国民の大部分が仏教徒であるにもかかわらずクリスマスほどにポピュラーではない。クリスマスのような歳末セールや商業主義との結びつきが希薄だったこともあるだろうし、子どもにプレゼントをくれるサンタクロースのようなキャラクターを生み出せなかったことも、一因であろう。

灌仏会は仏教伝来とともに我が国にやってきたものだが、それを「花祭り」と称するようになったのは、ずいぶんと新しい。

明治五年（一八七二）に、時の政府によって旧来の太陰太陽暦（旧暦）から太陽暦（グレゴリオ暦＝西暦・新暦）への改暦が断行されたおり、両者に一カ月前後の日付の違いが生じるために、重要な行事の月日をどうするかという面倒なことが起こった。インドに始まり中国を経由して東アジアに伝わった北伝仏教（大乗仏教）では釈迦の誕生日を四月八日としている。もちろん、旧暦である。太陽暦なら一カ月はど後の五月半ばになる。

季節感を大切にするなら、旧暦七月一五日の盆（盂蘭盆会《うらぼんえ》）を新暦の八月一五日にしたように月遅れにして五月八日とするのも一案だろう。しかし、慣れ親しんだお釈迦様の誕生日を変えてしまうわけにもいかぬというわけで、結局、新しい太陽暦の四月八日を灌仏会の日と定めた。これは桃の節句（三月三日）や七夕（七月七日）の場合と同じで、旧暦の日付をそのまま新暦の日付に移し変えてしまったのである。

旧暦の四月八日と言えば若葉青葉の初夏である。しかし、それより一カ月ほど早い新暦の四月八日なら桜の満開のころになる。そこで浄土真宗の坊さんが灌仏会という厳めしい名を子どもにも親しみやすい「花祭り」と改めて、明治の廃仏毀釈《きしゃく》によって大きなダメージを受けていた仏教の振興を図ろうとしたのである。

釈迦が生まれたのは二千数百年も前のことであるから、その誕生日が四月八日というのも確かなものとは言い難い。仏教発祥の地であるインドやそこから東南アジアに伝わった南伝仏教（小乗仏教）では、釈迦の誕生日を二月一五日（第二の月の満月の日）としている。インド暦では春分の日が年始になるので、それを仏教導入時の中国暦に換算して春分の日から一カ月半後の四月八日を釈迦の誕生日に定めたらしい。ちなみに我が国に伝わった北伝仏教では旧暦二月一五日が釈迦涅槃の日（釈迦が亡くなった日）とされている。「ねがはくは花の下にて春死なんそのきさらぎの望月《もちづき》のころ」と詠った「きさらぎの望月」とは二月一五日の釈迦涅槃の日に他ならないのだが、その日はまた、我が国に太陰太陽暦が大陸から到来する以前の「トシ」の始め（春分のころの満月の日）でもあった。

四月八日の花祭り（灌仏会）を歳時記に探すと春の部に収められている。桜が満開のころだから何も問題がないように思えるが、そのいきさつをたどってみれば、我が国では千年以上にわたって釈迦生誕の日を旧暦四月八日と信じていたのである。先にも述べたように、旧暦四月は夏になる。改暦によって、同じ数字ながら、夏の行事が春の行事になってしまったのだ。

歳時記の類が作られるようになったのは一般庶民に俳諧が流行した江戸時代のことである。その歳時記が作句において手離せなくなったのは、明治の改暦による季節感の混乱以降であり、さらに明治中期になって正岡子規が俳諧の発句《ほっく》を独立させて、これを俳句と称し、近代文学の一ジャンルとしてからであろう。旧暦をもとにして組み立てられていた季語は新暦の季節感と一カ月ほどずれており、歳時記なしに季語の季節を判別できなくなってしまったのである。

近代になって新暦の四月八日と定められた花祭りは春の季語となる一方、七夕は旧暦七月七日をそのまま新暦に移したのだから、花祭りを春としたのと同じ原則に立つなら七夕も夏としなければならないにもかかわらず、この場合は旧暦に拠って秋の季語とされている。これでは歳時記が手離せなくなる。

かつて日本と同じく太陰太陽暦を使っていた東アジアの諸国では今も伝統行事は旧暦に拠っている。正月元日は旧暦で祝うし、端午の節句も旧暦の五月五日である。その一方、日常生活には西暦（グレゴリオ暦）が使われ、太陰太陽暦と西暦がうまく共存している。これに対して西洋化を徹底した我が国では、特殊な場合を除いて旧暦を使うことはなく、伝統行事ばかりか釈迦生誕の日まで西暦に移してしまったのである。七夕の場合もそうだが、明治の改暦によって日本人は少なからず季節感に混乱をきたしてしまったといえよう。

竹の秋

秋なのに春、春なのに秋という変わった季語がある。「竹の秋」「竹の春」がそれで、手持ちの歳時記によれば、前者が春、後者が秋の季語とされている。これを知らないと俳諧の発句や俳句を間違って解釈してしまいかねない。

それまで言葉では知っていた「竹の秋」を実感したのは、昭和天皇が崩御されて今上天皇が即位された平成元年に、奈良の巻向山の中腹にある古民家を仕事場として使い始めてからであった。そこは南と西に孟宗竹の竹林がひろがり、北は樫の森となっていて、東は長谷寺の裏山からゆるゆる昇る月が眺められた。このロケーションに魅了されて、矢も盾もたまらず、仕事場に選んだのだった。

自宅から巻向山の仕事場まで二時間半ほどかかった。新幹線なら京都から東京まで行ける時間だが、自宅の書斎から気分を転じるには、それぐらいの時間距離が程よかったのである。一年のうち三分の一くらいの期間、その新しい仕事場に通い、一度行けば数日から十日ほど、そこで過ごした。薪を使って五右衛門風呂をわかし、かまどや囲炉裏《いろり》で煮炊きする昭和三〇年ごろの生活だった。

巻向山の仕事場は訳あって十年ほど前に処分したが、それまでの二〇年間で最も思い出深いのは竹林だった。旨い筍《たけのこ》を飽きるほど食べられるという下心もあるにはあったが、竹林をわたる清風や木漏れ日、竹葉のさやぎがいつも日常の中にあるというのはこの上ない幸せであった。

巻向山での初めての春、待ち望んでいた筍が顔を出し始めた。初めのうちは筍てんぷら、筍御飯、煮物、焼き筍、汁の具と手当たり次第に楽しんでいたが、ゴールデンウィークのころに一雨でも来ると、もう手におえない。筍ばかりでは飽きもくる。知り合いに次から次へと宅急便で送らなければならなかった。そんな作業が一段落したとある夕方、西日を浴びた金色の竹の葉が右へ左へと舞いながらゆっくりと落ちてきた。あちらで一枚、こちらで一枚、音もなく落ちてくる。見上げると、頭上を覆う竹林はすっかり黄葉している。ああ、これが「竹の秋」なのだと納得した。

夕方や吹くともなしに竹の秋（永井荷風）

この荷風の句は、春の夕方、風も吹かないのに黄葉した竹の葉が落ちてくるさまに竹の秋を感じたのである。私が「竹の秋」を実感したのもそっくり同じ状況だった。竹の葉の落葉は「竹落葉」とも言い、こちらは夏の季語になっている。しかし、荷風の気持は「竹の秋」にあるので、あくまで春の句ということになる。

たけの秋月に小督《こごう》の墓掃かん（内藤鳴雪）

小督は高倉天皇との悲恋を『平家物語』に残している女性で、嵯峨野にある五輪塔の墓の付近には竹林があちこちに広がっている。「竹の秋」になって竹の落葉が墓の辺りを埋めているので、月の下で掃除をしようかというのである。連歌・俳諧のみならず俳句の世界においてもただ「月」とだけあれば中秋の名月をイメージするのだが、ここは「たけの秋」とあるので春の月を指していることになる。「竹の秋」という季語を知らなければ、鳴雪の句に見える「たけの秋」を「秋の竹林」と誤解してしまいかねない。

春になって筍の生育に力を注いだ竹は、やがて力尽きたように黄葉していくが、それと同時に針のようにとがった新芽が吹いてくる。そして黄葉が落ちてしまうと、やがて竹林はみずみずしい新緑に覆われる。こうした竹の葉の新緑の時期が「竹の春」かと思われるかもしれないが、そうではない。歳時記では「新緑」「若葉」は夏の季語となり、「竹の春」と言えば、周囲の樹木に秋の気配がさしてくるころ、秋さ中にあってもなお青々としている竹林の様を指す言葉である。旧暦三月の異称を「竹秋《ちくしゅう》」と呼ぶのに対し、旧暦八月を「竹春《ちくしゅん》」と呼ぶのも、そうした理由に拠る。とはいえ「竹の春」となると、「竹の秋」から思い付いた、いささか観念的な季語という感じはぬぐえない。

おのが葉に月おぼろなり竹の春（与謝蕪村）

この句には「竹の春」に加えて、春の季語である「おぼろ」があり、うっかりすると春の句と解釈されてしまいそうである。しかし、これはまがうことなき秋の句なのである。おそらく蕪村は「竹の春」という人目を驚かす季語に触発され、「竹の春」を迎えて青々とした竹の葉に中秋の名月も今が春であるかのようにおぼろにさしている、と詠んだのであろう。同じ「月」ながら、鳴雪の句とは春と秋が真逆になっている。

「竹の秋」「竹秋」に似たものに「麦の秋」「麦秋《ばくしゅう》」がある。今日では余り見られなくなったが、私が少年だったころ、瀬戸内海の農村地帯では米麦の二毛作が一般的で、秋の稲刈りの後には水田に畝《うね》をつくって麦が播かれ、それが翌年の五、六月ごろには一面に黄色く熟すのである。これを「麦の秋」と言い、夏の季語となっている。ただし、これは冬小麦の場合であって、やや冷涼な地域で栽培され、秋に収穫される春小麦には当てはまらない。季語は北緯三五度に位置する京都あたりの季節感が基準になっているので注意が必要だ。

ゴールデンウィークのころに遠出をすると、新緑に染まった山の裾に黄色く色づいた竹林をしばしば目にする。高度成長時代以降、燃料革命によって薪炭の需要が激減して里山の手入れがおろそかになり、各地で竹林が大繁殖しているらしい。竹林にも手入れは欠かせないのに、今日の日本にはその人手がない。あざやかな新緑の中で「竹の秋」は一際目立つのだが、それだけ里山が荒れているのだと思うと一抹の寂しさがある。

夏

端午の節句

五月五日は「端午の節句」である。三月三日が「桃の節句」と呼ばれて女の子の行事とされ雛人形が飾られるのに対し、端午の節句は男の子の行事とされており、武者人形が飾られる。空には鯉幟《こいのぼり》が泳ぎ、軒先に菖蒲《しょうぶ》が飾られて、粽《ちまき》や柏餅《かしわもち》が食される。いかにも日本の初夏を代表する行事となっている。

端午という言葉は大陸から暦（太陰太陽暦）と共に我が国に伝わった。少なくとも暦の伝来なしには考えられない言葉である。端午の「端」は「はし、はじめ」の意で、「午」は十二支の「うま」を表している。つまり、月の初めの「午の日」を端午と称したのである。

しかし、端午の節句である五月五日は、必ずしも「午の日」ではない。どうやらこれは、「午」の字音（ご）が「五」に通ずることから毎月五日を指すようになったらしいのである。さらに、大陸の人たちが陽数（奇数）の五が重なる五月五日を特に重視して、これを端午節句と呼ぶようになったという。三月三日（桃の節句）、七月七日（七夕の節句）、九月九日（菊の節句）なども同様である。これら陽数が重なる日は、陽が極まるために不吉な日とされ、それを祓《はら》うために節句の行事が行なわれたのである。

節句はもともと「節供《せっく》」と表記されていた。節は「折り目」、供は「供え物」を表わす。三月三日なら桃や蓬餅《よもぎもち》、五月五日なら菖蒲や粽、七月七日なら竹、九月九日なら菊など、香りが強く邪気を祓うと考えられていた植物を供えたり、食したりしたのである。我が国では室町時代以降になって、「供」と同音で物事の区切りを表わす「句」に改められたという。

端午の節句に食べる柏餅は日本独特のものである。柏は新芽が出るまで古い枯葉が落ちないことから、家系が続く縁起物として好まれた。柏餅を端午の節句に食する風習は武家の気風が強かった江戸を中心に始まったという。

一方、上方《かみかた》（京・大坂）では平安時代に大陸から伝わった粽が一般的である。粽の起源には伝説があり、古代中国の戦国時代に楚国の政治家・詩人であった屈原《くつげん》が失脚して汨羅《べきら》の淵に身を投げたとき、時の人々がその無念を鎮め、亡骸《なきがら》が魚に食べられないように笹の葉にくるんだ飯米を投げ入れたことに始まったという（五月五日は屈原の命日）。

柏や笹の葉は爽やかな香気があるばかりか殺菌作用もある。旧暦五月五日といえば梅雨が始まるころだから、疫病の流行も少なくなかった。そんな時期に邪気を祓う供物として打ってつけであったのだろう。

端午の節句には菖蒲が欠かせない。菖蒲は爽やかな香りだけでなく、その葉の形が刀を思わせるところから邪気を祓う供物《くもつ》と考えられ、特に男子にとって縁起のよいものとされた。菖蒲は早く奈良時代から節句の供物として使われていた記録があるが、武家が台頭してくると、「しょうぶ」の音が「尚武《しょうぶ》（武を重んじること）」に通ずることから重用され、軒先のみならず、枕の下に敷いたり風呂に入れたりした。

もう一つ、端午の節句に欠かせないものに鯉幟がある。武士の家では端午の節句を迎えると、立身出世や武運長久を祈って庭先に旗竿や幟《のぼり》を立てる風習があった。

それが勇壮な鯉の吹流しになるのは江戸時代も後半になってからで、鯉が竜門の滝を登って竜に化すという大陸発祥の伝承にあやかって、立身出世の象徴とされたのである。

端午の節句が現在見られるような男の子の行事となるに当たっては、武家政権のあった江戸の存在が大きかった。それが参勤交代などを通じて全国に普及し、やがて町民、農民階層にまで広がっていった。

江戸末期になるが、歌川広重は『名所江戸百景』（一八五六〜五八）に大胆な構図で真鯉の吹流しを描いている。さらに、次のような狂歌もよく知られている。

江戸っ子は五月《さつき》の鯉の吹き流し口先ばかりで腹わたは無し

口は悪いが気性はさっぱりしていて腹に一物を持たないという江戸っ子気質《かたぎ》を鯉の吹流しに喩《たと》えたのである。これも鯉幟が広く普及していなければ意味をなさない歌である。

ところで端午の節句は何時ごろから日本人に受け入れられたのであろうか。『日本書紀』の記述から探ってみよう。

天智天皇が大津宮（滋賀県大津市）で即位した年（六六八）の五月五日、天皇以下、諸王群臣が美しく着飾って蒲生野《がもうの》（滋賀県東近江市）に繰り出し、盛大な薬猟《くすりがり》を行なっている。女性たちが薬草を採り、男性たちは強精剤になる雄鹿の角を狩ったという。旧暦の五月五日は梅雨の始まるころだから、疫病の流行を恐れる古代の人たちには邪気を祓う行事が必要だったのだろう。あえて五月五日を選んでいるのだから、端午の節句と無縁な行事ではあるまい。

この日の宴の席で、額田王《ぬかたのおおきみ》が詠った歌はつとに有名である。

あかねさす紫野《むらさきの》行き標野《しめの》行き野守《のもり》は見ずや君が袖振る

あかね（茜）は朱色の染料に使われる植物で、「あかねさす」は紫に掛かる枕詞である。紫野は紫色の染料となる紫草の生えている野で、そこが御料地（標野）とされ、管理人（野守）が置かれていた。おそらく女性たちは標野で薬草を採取したのであろう。

この薬猟に先行して推古天皇一九年（六一一）五月五日には飛鳥の東方に広がる菟《う》田野《だの》（奈良県宇陀市）でもきらびやかに着飾った貴族たちによって薬猟が行なわれている。同じような記録は推古二二年五月五日にも見えている。これらに先立って、推古一〇年（六〇二）には百済《くだら》の僧観勒《かんろく》が我が国に「暦の本」を伝えているから、おそらくこのころには端午という知識も伝わっていたのであろう。

かきつばた

春を華やかに彩った桜も散り果て、あでやかな藤の花も終わったあと、初夏から梅雨に至るまでの印象的な花といえば、かきつばた（杜若）であろう。初夏の花として、早く『万葉集』にも歌われている。

かきつばた衣《きぬ》に摺《す》りつけ丈夫《ますらを》のきそひ猟《かり》する月は来にけり（大伴家持）

前書によれば、天平一六年（七四四）四月五日に詠まれている。これは旧暦なので、新暦なら五月ごろになる。かきつばたの美しい色を衣に摺りつけて身支度を整えた丈夫たちが薬猟をする月がやってきた、というのである。

古くから日本人に親しまれたかきつばただが、中でも、在原業平《ありわらのなりひら》を主人公に擬した『伊勢物語』の歌を忘れるわけにはいかない。この歌は、業平とおぼしき主人公が「東下《あづま》り」のおり、三河国八橋《やつはし》（愛知県知立市）で詠んだとされている。

唐衣《からごろも》きつつなれにしつましあればはるばるきぬる旅をしぞ思ふ

この歌は「かきつばた」の五文字を五七五七七の句の頭に読み込んだ折句《おりく》になっている。それればかりか、枕詞、序詞、掛詞、係り結びなどの技法がふんだんに使われ、さらに加えて、「唐衣」の縁語が四つも使われている。古来、多彩な和歌の技法を駆使した歌として有名である。

業平は平城天皇の孫で、平安時代前期に活躍した。『古今和歌集』など勅撰和歌集に八七首が採られ、万葉時代と古今時代をつないだ六歌仙の一人に数えられている。華麗で情熱的な歌を数多く残しただけでなく、美男にして稀代の色好みとしても知られ、『伊勢物語』によって和歌・連歌のみならず後世にさまざまな影響を与えた。

世阿弥が作った謡曲「杜若《かきつばた》」も『伊勢物語』に材を取ったものである。さらに江戸時代になると、尾形光琳によって「燕子花図屏風《かきつばたず》」（国宝）が描かれる。この絵は教科書で見覚えのある方もあるだろう。六曲一双《いっそう》の金屏風にかきつばたの群落を絶妙の構図で華麗に描いた装飾画で、我が国の絵画史上でも最高の評価を受けている逸品だ。

業平の歌と光琳の絵によって、かきつばたの名は不朽のものになったといえよう。しかし、私にはもう一つ忘れがたいかきつばたがある。京都洛北にある「大田の沢のかきつばた」である。

世界遺産にも登録されている上賀茂神社から東に向かい、明神川の清流に沿って美しい土塀が続く社家《しゃけ》町を抜けると、上賀茂神社の摂社になっている大田神社の玉垣の朱色が新緑の中に眩しく立ち現れてくる。その向こうに、小さな中島を抱えた二千平方メートルほどのかきつばたの自生地が広がっている。総数二万五千株にものぼる大群落で、花の盛りに出会えば、その憂いを含んだような深い青紫色に思わず息をのむ。

大田の沢のかきつばたに初めて対面したのは、京都の大学に入ってまだ間もない五月、国文学科の女性に案内されてだった。そのとき、藤原俊成（定家の父）が詠んだ「大田の沢のかきつばた」の歌も初めて知った。

神山《こうやま》や大田の沢のかきつばたふかきたのみは色にみゆらむ

この歌は俊成が伊勢・賀茂・春日・日吉・住吉の五社に奉納した「五社百首」の一首で、神山は上賀茂神社の祭神である賀茂別雷《かもわけいかづち》大神の降臨した地と伝えられている。その神への私（俊成）の「ふかきたのみ」は大田の沢のかきつばたの色に現れているだろう、というのである。何やら恋の願い事のようにも思われる歌である。

大田の沢のかきつばたはすでに平安時代から有名であった。先に述べた光琳の「燕子花図」にしても大田の沢のかきつばたがモデルであったという伝承がある。私が初めて大田の沢のかきつばたを見た五〇年前も花の盛りに訪れる人は少なくなかったが、今ではおびただしい観光客が押し寄せるため、大田の沢の環境保全も兼ねて

「かきつばた育成協力金」なるものを徴収するようになっている。早朝にでも訪ねなければ静かに花と対面することもままならない。

大田の沢は沼地状の湿地帯で、地底は深い泥炭層になっているらしい。その東一キロ半ほどのところにある深泥池《みぞろがいけ》と同じく、かつて京都盆地が湖であったころの名残といわれ、共に国の天然記念物に指定されている。深泥池にもかきつばたが生えているが、こちらでは清楚な白い花が見受けられる。

かきつばたには、うっかりすると見間違いしかねない花がある。「いずれあやめか、かきつばた」という諺《ことわざ》は「どちらも美しく、優劣が付けがたい」ことを言うのだが、これを両者の見分けが付けにくいことを言うのだと勘違いしている人も少なくない。確かに、あやめとかきつばたは共にアヤメ科アヤメ属で、ちょっと見た目には判断が付きにくい。この二つによく似たものに花菖蒲があり、あやめの漢字表記が「菖蒲」ということもあって、さらにややこしくなる。

一般に、乾いた土地に咲くのがあやめで、かきつばたと花菖蒲は水辺に見かける。また、背丈や花の大きさで言えば、あやめが最も小さく、花菖蒲は大ぶりで、かきつばたは両者の中間に位置する。花の咲く時期はあやめ、かきつばた、花菖蒲の順になる。しかし、これらは三つを比較した場合の話で、個々の花を前にして判断するのは難しいかもしれない。花の色彩も、それぞれ多様である。

三つの花を確実に見分ける方法は花弁の基部を調べるとよい。あやめはその名からも覗えるように花弁の基部に網目状の模様がある。それに対して、かきつばたは花弁の基部に紡錘型の白い模様があり、花菖蒲はそれが黄色いところから判別できる。一度ためしてみてはいかがであろうか。

ほととぎす

ほととぎすは夏の季語である。この鳥は初夏になると東南アジアから日本列島に渡ってくる。その姿を見ることは滅多にないが、私の住む京都東山連峰のてっぺんにある住宅街でも、ゴールデンウィークのころになると不意をついて聞こえてくる鋭く苦しげな鳴き声を耳にするようになる。はじめは「トッキョキョカキョク」と舌を噛みそうな鳴き声も、やがて慣れてくると「テッペンカケタカ」と爽やかに聞こえてくるから不思議だ。

古来、ほととぎすはその鳴き声で文学に名をとどめてきた。万葉歌人として名高い額田王《ぬかたのおおきみ》も次のような歌を残している。

古《いにしへ》に恋ふらむ鳥は霍公鳥《ほととぎす》けだしや鳴きしわが念《おも》へる如《ごと》

持統天皇（在位六九〇〜六九七）の吉野行幸に従った弓削《ゆげ》皇子から額田王に贈られた歌への答歌で、昔を恋しく思って鳴くという霍公鳥は私の思っているように確かに鳴きましたか、というのである。「古《いにしへ》」とは、亡き天武天皇の時代（六七二〜六八六）であろうか、あるいは額田王が近江朝（六六七〜六七二）の華として輝いていた時代であろうか。いずれにしても、ほととぎすは昔を恋しく思って鳴くと考えられていたのである。

　これについては、古代中国の蜀《しょく》の国王杜宇《とう》の伝説が知られている。杜宇は大臣の妻に横恋慕したことから王位を去らなければならなくなり、山中に隠れ、失意のうちに没したが、復位の望みがかなえられなかった杜宇は死後ほととぎすと化し、「不如帰去」（帰りゆくにしかず）と血を吐くまで鳴きつづけたという。ほととぎすが血を吐くまで鳴くというのは、その口の中が赤く、苦しげに鳴くことからきたのであろう。

この伝説から、ほととぎすを指す杜宇・杜鵑・蜀魂・不如帰などの漢字名が生まれたらしい。他にも郭公・霍公（鳥）のようにカッコーと紛れたような名があり、また子規という表記は俳人正岡子規の俳号となって有名になった。これは子規が二二歳の時、結核を患い吐血したことから、「鳴いて血を吐くほととぎす」とばかりに自分の号としたものである。

先に挙げた漢字名の和訓はいずれも「ほととぎす」だが、和名としては、うづき（卯月）鳥・さなえ（早苗）鳥・たうえ（田植）鳥・あやめ（文目）鳥・ときつ（時）鳥・たまむかえ（霊迎）鳥・たそがれ（黄昏）鳥などの異名もある。ほととぎすの声が旧暦四月（卯月）、五月（早苗月）に顕著に聞かれること、また、ほととぎすがあの世とこの世を行き来する鳥と考えられていたことなどに由来する名前であろう。

こうした異名を使って、天下取りをめざした戦国時代の三傑を比較する句が、江戸時代に書かれた『甲子夜話』に見えている。

なかぬなら殺してしまへ時鳥　織田右府（信長）

鳴かずともなかして見せふ杜鵑 豊太閤（秀吉）
なかぬなら鳴《なく》まで待《まて》よ郭公 大権現様（家康）

このような三傑の比較が面白がられたのも、ほととぎすの鳴き声が特徴的であるばかりでなく、簡単には鳴いてくれず、しかもその声が不意をついて聞こえてくるということも与っていよう。ほととぎすもこの三傑が相手なら不足はなかろう。

ほととぎす鳴きつる方をながむればただ有明の月ぞ残れる（後徳大寺左大臣）

日本人にはおなじみの小倉百人一首に採られた歌である。男が夜に女の許へ通う通い婚の時代、有明の月が見られるころは男が女の許を去る後朝《きぬぎぬ》の別れの時である。ほととぎすは、別れたばかりの女への思いに引かれる男の注意を鋭い声で空に向けさせ、有明の月へといざなうのである。

曙はまだ紫にほととぎす（芭蕉）

この句は、元禄三年（一六九〇）四月一日、前夜瀬田に泊まった芭蕉が、その明け方に近江の石山寺に参拝して「源氏の間」を見たおりにほととぎすの声を聞いて詠んだものである。「源氏の間」は紫式部がここに籠って『源氏物語』を書いたという伝説のある参籠部屋で、現在も石山寺本堂に残されている。芭蕉の関心は、文学の上ではほととぎすが鳴き始めるとされている夏の最初の日（旧暦四月一日）に注がれている。夜が明け切って日の出を迎えれば四月一日だが、曙の空はまだ夜の気配を残して紫だ。にもかかわらず、はや夏のほととぎすが鳴きだしたと驚いているのである。また、紫は紫式部の俤《おもかげ》になっている。文学の伝統と旧暦に対する知識がないと、この句を理解するのは難しい。

鳴く声で文学者の注意を惹きつけてきたほととぎすは、托卵という特異な子育てをすることでも知られている。これは自分より小さい鶯などの巣に卵を産み付けて抱卵も子育ても仮親に任せてしまうものである。しかも、ほととぎすの卵は仮親の卵より早く孵化するので、生まれた雛はまだ孵化していない仮親の卵を巣から蹴落として仮親の子育てを独占する。何ともずうずうしい話だが、どういうわけかほととぎすといえば鳴き声ばかりで、その托卵を詠んだ句や歌は記憶にない。

我が家の庭には秋に花をつけるホトトギス（草）がある。これは、白い花に浮いている特徴的な紫斑がホトトギスの白い腹にある黒斑に似ていることから名づけられたという。こちらのホトトギスは鳥の方と違って秋の季語である。

センダンの花

梅雨が明けて間もなく、大阪中之島にある中央公会堂で連歌会があった。中央公会堂は大阪北浜で株式仲買人として財をなした岩本栄之助が当時の金で百万円を寄贈して一九一八年（大正七年）に完成したものである。この公会堂は大正時代の洋風建築を代表する建物として国の重要文化財にも指定されている。

中之島へ向かうには、北浜から土佐堀川に架かった梅檀木橋《せんだんのきばし》を渡った。橋の向かいには華麗な中央公会堂が控えている。

梅檀木橋は、大坂が天下の台所と称され、中之島界隈に諸大名の蔵屋敷が立ち並んだ江戸時代の初期に木造の橋として造られた。その親柱《おやばしら》にも「せんだんのきばし」と記されており、これは最初に橋が架けられたとき近くにセンダンの大きな木があったことから名づけられたという。今はコンクリート造りになっている梅檀木橋を渡ると、橋の北詰に羽状の複葉を青々と茂らせたセンダンの大きな木が立っていた。梅檀木橋の名の由来にあやかって植えられたものであろうが、すでに花は散った後だった。

この橋は「梅檀の木の橋」として近松門左衛門の『女殺《おんなごろし》油《あぶらの》地獄《ちごく》』（一七二一年初演）にも登場する。大坂天満の油屋の妻お吉を殺して金を奪った放蕩無頼の与兵衛が、その凶器の脇差を土佐堀川に捨てた橋である。近松が舞台に選ぶくらいだから、当時の大坂の人たちには「梅檀の木」の名と共に知られた橋であったのだろう。

筆者が住む山の上の団地の入口にも一本のセンダンの木が自生している。今年は春が異常に暖かかったせいか五月下旬から梅雨の初めごろにかけて花が咲いていた。センダンは淡い紫の上品な花を付けるが、桜と違い、青葉が茂ったころに花が咲くので、それほど目立たない。

センダンと言えば「梅檀《せんだん》は双葉より芳し《かんば》」という諺《ことわざ》がよく知られている。しかし、ここでいう「梅檀」は香木の白檀《びゃくだん》のことで、センダンとは別物である。少年時代にこの諺を知って、母の実家にあったセンダンの葉の匂いを嗅いでみたが、芳しい匂いなどしなかったので、がっかりした記憶がある。諺の「栴檀」が白檀のことであると知ったのはずっと後のことである。こういう体験をした人は案外多いのではなかろうか。

センダンの名の起源には諸説あるが、晩秋になってセンダンの葉がすっかり落ちたころ、鈴なりになった明るい褐色の実が印象的なので、千珠《せんだま》と称したことから起こったという。あるいは近江の三井寺で行なわれる千団子《せんだんご》祭に起源があるとする説もある。串に刺した団子がセンダンの実を想わせるからだという。

古くはセンダンを「あふち」と呼んだ。また、夏に用いる襲《かさね》の色目《いろめ》で、表は薄紫色、裏は青色のものを「あふち」と呼ぶ。この色目はセンダンの花が咲いた様を想わせるので、センダンの古名が色目の由来となったのであろう。

あふち（楝・樗）は『万葉集』に採られた山上憶良《やまのうえのおくら》の歌にも見えている。

妹《いも》が見しあふちの花は散りぬべしわが泣く涙いまだ干《ひ》なくに

亡き妻が見たあふちの花は散ってしまっただろう、その死を悼む私の涙はまだ乾かないのに、というのであるが、この歌の詠まれた状況については、今少し説明しておく必要がある。神亀《じんき》五年（七二八）六月に西海道（九州）を管轄する太宰帥《だざいのそち》に就任した大伴旅人《おほとものたびと》は、赴任して間もなく妻を喪《うしな》い、弔問の客に断腸の涙を流しながら「世の中は空《むな》しきものと知る時しいよよますます悲しかりけり」と詠んだ。それに対して、大宰府で旅人の部下であった憶良がその死をいたむ挽歌《ばんか》を詠み、加えて反《はん》歌《か》五首を詠んでいる。先に挙げた歌はその反歌のうちの一首で、旅人の心境をおもんばかり、旅人の視点に立って詠んだものである。

憶良の歌が詠まれたのは神亀五年六月二一日で、夏の終わりも近いころだから花はとっくに散っていただろう。あふちの花は「あふち」を「逢《あ》ふ」に掛りて恋しい人に喩《たと》えられるが、その一方、五月雨《さみだれ》のころに咲く花としてもしばしば詠まれている。

あふち咲く外面《そとも》の木陰露落ちて五月雨《さみだれ》はるる風渡るなり（藤原忠良）

『新古今和歌集』に見えている歌で、雨が止んで庭のあふちの木から露が滴っている五月晴《さつきばれ》のすがすがしさを詠んでいる。

和歌だけではない。連歌の世界でもあふちの花は五月雨のころの景物として詠われている。

うふる山田の五月雨のころ
ひと村のさかひのあふち花ちりて

これは『新撰苑玖波集』に見えている付合《つけあい》だが、五月雨のころ山田で田植をしているという前句に、杉原賢盛《かたもり》（宗伊）が山田の境にあるあふちの花が散っている情景を付けたものである。五月雨→あふちの花→田の境、という連想である。

芭蕉も、元禄七年五月一四日（西暦一六九四年六月六日）に三島神社（伊豆国一の宮）であふちの花を見て次のような発句を詠んでいる。

どむみりとあふちや雨の花曇

「どむみりと」は「どんよりと」に同じ。芭蕉はこのとき、終焉の地である上方《かみかた》への旅の途上であった。西暦で六月六日のことだから、すでに梅雨に入っていたのだろう。「どむみり」は空模様を指しているともとれるが、ここは「あふち」の花が咲く様子に掛かると見た方がよいだろう。どんよりと咲いているあふちの花は雨を呼ぶ花曇のようだ、というのである。

万葉時代から江戸時代まで文学の世界ではその花への思いから「あふち」（現代語では「おうち」）が一般的だったが、日常の世界ではその特徴的な実に注意が向いて、江戸時代のころから「センダン」に取って代わられたといえよう。

虎が雨

梅雨さ中の旧暦五月二八日に降る雨を「虎が雨」という。何やらおどろおどろしく聞きなれない雨だが、歳時記に記載されているれっきとした季語で、小林一茶の句にも詠み込まれている。

日の本や天長地久虎が雨

日の本は日本、天長地久は、天は長く、地は久しいという意味で、耳慣れた天地長久をひとひねりしたものである。これは神国日本を寿いだ言葉だが、問題は「虎が雨」であろう。ここが分からなければ、一茶の言わんとするところも分からない。

虎が雨には曾我兄弟の仇討という歴史的事件が深くかかわっている。

鎌倉幕府成立直後の建久四年（一一九三）五月二八日、源頼朝が富士の裾野で盛大に繰り広げた巻狩の際、曾我十郎祐成《すけなり》と曾我五郎時致《ときむね》は父の仇と付け狙っていた伊東祐経《すけつね》を討ち果すが、兄の十郎はその場で斬殺され、弟の五郎はさらに頼朝の宿所を襲ったものの捕えられて処刑される。ところが、十郎には恋仲の遊女虎御前なるものがいて、十郎の死を知った虎御前の悲しみが涙の雨となって降ったという。これが「虎が雨」の謂れである。

曾我兄弟の仇討は日本三大仇討として長く喧伝された。ちなみに他の二つは、寛永一一年（一六三四）の伊賀越の仇討（荒木又右衛門の助太刀で名高い）と元禄一六年（一七〇三）に決行された赤穂浪士の討入りである。

赤穂浪士の討入りは「忠臣蔵」として人形浄瑠璃や歌舞伎で上演されて人気を博したばかりか、現代でもテレビや映画でしばしば取り上げられており、多くの国民が事件のあらましを知っている。それに対して、今日では曾我兄弟の仇討を知る者は少ないが、室町時代の初めには『曾我物語』がつくられ、能、浄瑠璃、歌舞伎、さらには浮世絵の題材ともなり、最も人気の仇討事件となった。ただし、近代になると仇討劇の人気は、四十七士が一致団結して本懐を果たす「忠臣蔵」に取って代わられてしまった。

曾我兄弟の父は伊豆国の河津荘を所領とする河津祐泰《かわづすけやす》である。その父である祐親《すけちか》は同族の伊東祐経の後見役になって自分の娘と結婚させた。そのうえで祐経を京に連れ出し、平家の家人として平重盛に仕えさせた。祐経が所領である伊豆国の伊東荘を留守にしている間に、祐親は伊東荘を押領したばかりか娘を取り戻して他の男に嫁がせてしまった。

所領も妻も奪われてしまった祐経の恨みはすさまじく、刺客を放って河津祐親・祐泰父子を狙い、ついに伊豆の狩場で祐泰を射殺する。これが曾我兄弟の仇討の原因となったのである。夫の祐泰を殺された妻の満江御前は五歳の十郎、三歳の五郎を連れて曾我祐信と再婚したので、兄弟も曾我を名乗ることになる。

祐経は事件の後、京から鎌倉へ下って源頼朝の挙兵に従い、その寵臣となった。一方、祐経の刺客から逃れた祐親は平家方に与《くみ》して石橋山の戦い（一一八〇）で頼朝軍を撃破した。しかし、富士川の戦いに敗れて捕らわれの身となり、自害している。

余談だが、祐経の刺客に殺された祐泰は大相撲の決まり手にもなっている「河津掛け」の使い手としても知られている。その名称も祐泰の苗字「河津」によるのであろう。河津掛けは、相手が攻めてきたところを逆に相手の内股に足を掛け、腕を相手の首に巻きつけて自分の後方に倒すという奇抜な技である。

河津氏と伊東氏の激しい所領争いの原因を尋ねれば、祐親の祖父工藤祐隆《すけたか》の所業にまで戻らなければならない。祐隆はその嫡男である祐家が早世したために、後妻の連れ子（継娘）が生んだ子を嫡子として迎え、これに本貫地である伊東荘を相続させて伊東祐継《すけつぐ》と名乗らせた。そして祐家の嫡男である祐親には河津荘を与えたのである。本貫地を相続できなかった祐親には大いに不満であっただろう。

血縁のないものに本貫地を継がせ、「祐」の通字《とおりじ》まで与えているのは合点しかねるが、真名本『曾我物語』によれば、祐継は祐隆が後妻の連れ子に生ませた子だという。これなら分からないでもない。また祐親の娘八重姫は父が京に出仕している間に、伊豆に流されていた頼朝とねんごろになって千鶴丸をもうけたが、平家の威光を恐れた祐親は幼い子を川に沈めて殺してしまった。頼朝と祐親の間にも怨憎があったのである。また祐親の別の娘は北条時政の妻となり、二代目執権となる北条義時を生んでいる。つまり、義時は祐親の孫ということになる。

複雑な男女関係、血縁関係に、公家から武家へ、平家から源氏へという時代の大きな転換期が重なって、所領の維持・獲得に一所懸命だった武士の抗争が積もり積もって曾我兄弟の仇討へと導いたのである。曾我兄弟は苦節一八年目にして本懐を遂げる。そのほぐれそうもない複雑なしがらみを溶かし流すように五月二八日になると虎御前の涙が雨になって降るのだと、後世の人々は考えたのである。

とらが雨など軽んじてぬれにけり

これも一茶の句である。たかが女の涙雨ではないかと嵩《たか》をくくって外に出たら尋常の雨ではなかったというのである。

旧暦五月二八日ごろには雨がよく降る。天正一〇年（一五八二）五月二八日（『信長公記』による）、本能寺討入りを前に明智光秀が毛利征伐の戦勝祈願を名目として興行した愛宕百韻連歌の発句でも、天に雨を掛けており、愛宕山には「虎が雨」が降っていたようだ。

ときは今天が下しる五月哉《さつきかな》（明智光秀）

この発句の表の意は「今は雨がしきりに降っている五月だ」となるが、これだけでは下手に過ぎよう。その裏には「源氏の名門土岐氏の一族に連なる明智光秀が本能寺に宿泊している信長を討ち、天下を取る」という本意を隠している。そこに虎が雨の逸話を重ねてみると感慨深い。

曾我兄弟系譜

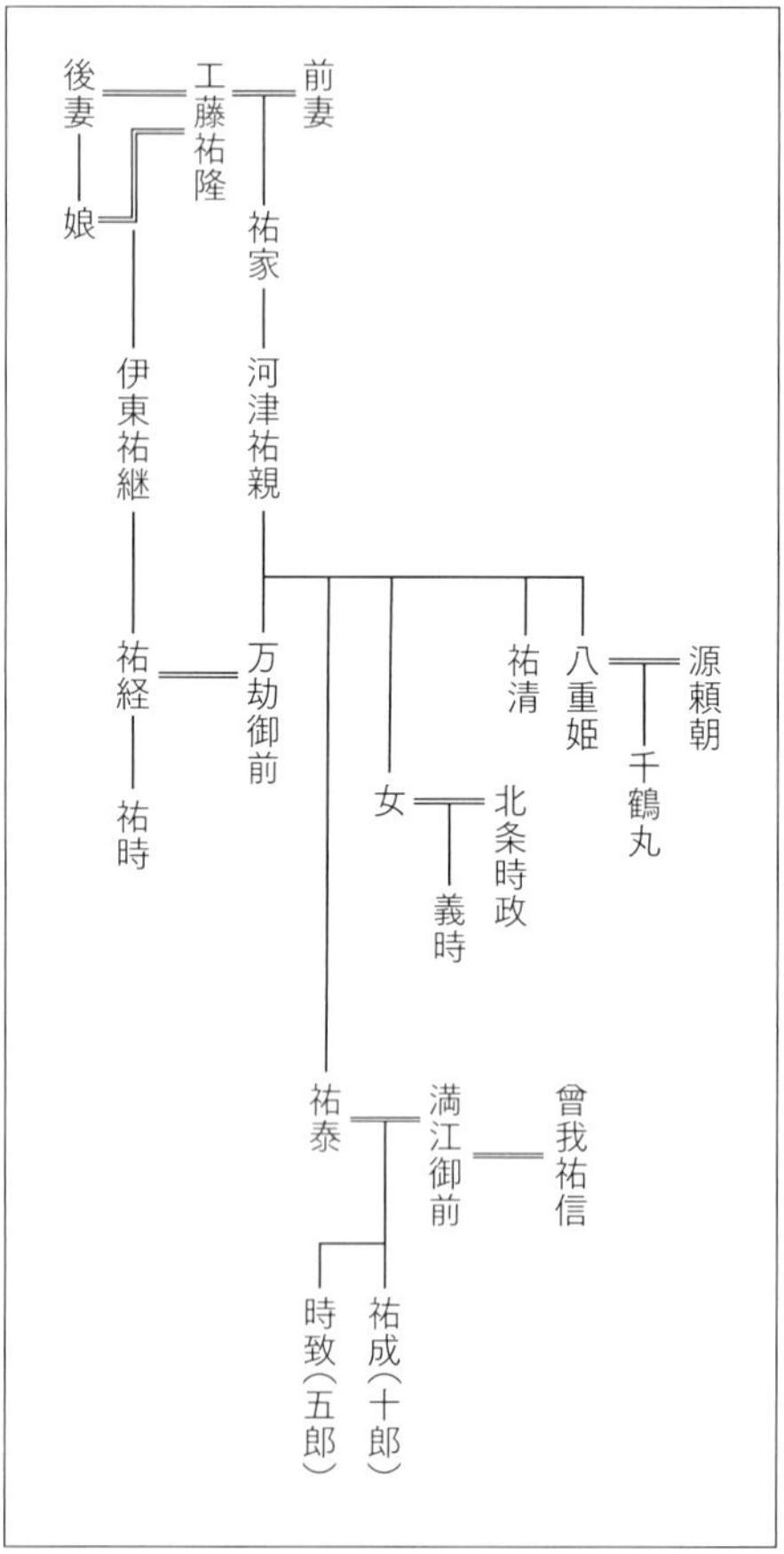

後妻
工藤祐隆
前妻
娘
祐家
伊東祐継
河津祐親
祐経
万劫御前
祐清
八重姫
源頼朝
千鶴丸
祐時
女
北条時政
義時
祐泰
満江御前
曾我祐信
時致(五郎)
祐成(十郎)

ねむの花

夕方の散歩は私の日課である。京都東山連峰の山頂にぽつんと開かれた住宅地なので、その周辺部を一時間ほどかけて歩く。どこからでも比叡山が眺められる。日々の気象だけでなく、季節の折々、草木や鳥や虫の移り行くさまに触れられるのは、散歩のたのしみの一つであろう。

梅雨も半ばを過ぎたころ、谷川べりの深緑の中に淡いピンク色のねむの花が目についた。雨の後だったので、日差しの中で力強く湧き上がるような深緑と、ねむの花のちょっと恥らうような風情が際立っていた。先端を淡く染めた紅刷毛《べにはけ》を想わせるねむの花は、けなげで、いささか艶かしくもある。

桜の花が待つ人を焦《じ》らせるように徐々に蕾を膨らませ、ちらほら咲きから三分咲き、五部咲きと咲いていくのに対し、ねむの花は不意をついて咲く感じがする。これには、ねむの蕾が小さく、また緑色で周囲の葉っぱと見分けがたく、しかもその花が夕方から咲くことも与《あずか》っていよう。

ゆくりなくとあるゆふべに見いでけり合歓《ねむ》のこずゑの一ふさの花

（若山牧水）

この歌の「ゆくりなく」は「突然に」を意味する。薄暗くなった夕べに思いがけなくねむの花に出会った驚きを上手く捉えている。これは毎年ねむの花に出会うときの筆者の実感でもある。

ねむの花として私たちが目にするのは、長く伸びた繊細な雄しべである。これが紅刷毛のように見えるのである。本来の花びらは小さく、ほとんどそれと気づかない。ねむの花は顔を近づけると、ほのかに桃のような甘い香りがする。

ねむの葉はちょっと変わっていて、夜に葉を閉じる。つまり、夜になると眠るように見えることから和名の「ねむ・ねぶ」（bu は mu の濁音で容易に交替する）が生まれたとされている。

雨の日やまだきにくれてねむの花 （与謝蕪村）

ここで「まだき」というのは「早く」の意味で、雨で薄暗い夕方、早くも日が暮れたようにねむの花が咲いているというのだ。ねむの葉は日没の一時間ほど前から閉じ始めるのだが、それとは逆に、ねむの花が咲き始めるのは夕方からである。蕪村の句では「ねむ」っているように見えるのは花のようにも感じられるが、「ねむ」るのはあくまで葉の方である。こうした「ねむ」という言葉に引きずられた小さな誤解は、蕪村の句に限らない。

「ねむ」の漢語名は「合歓（木）」と表現される。その字面と音（ねむ＝寝む）からの類推によって、ねむの花は古来、男女相愛の象徴として

文学の世界で詠われてきた。

昼は咲き夜は恋寝る合歓木《ねむ》の花君のみ見めや戯奴《わけ》さへに見よ

（紀小鹿郎女《きのおしかのいらつめ》）

この『万葉集』巻八に見える歌には「紀郎女の大伴宿禰《すくね》家持に贈れる歌二首」との前書があり、左注に「合歓の花と茅花《ちばな》とを折りて贈れるなり」とある。ねむの花と茅花を添えて年若い家持に歌二首を贈ったのである。茅花は夏に白い穂を出す「ちがや」で、これは食べることもできる。

紀郎女は天智天皇の曾孫にあたる安貴《あき》王の妻であった。その人妻が若い家持をからかうように「昼に咲き、夜には恋しい想いを抱いて寝るという合歓の花を私にだけ見させないで、そなたもここに来て見なさい」と言うのである。「君」は紀郎女自身を指す。「戯奴」は家持を指し、下僕や目下の者などを呼ぶさいに使う言葉である。この熟女からのからかいに対して家持も、「わが君」「我妹子《わぎもこ》」などと親しく呼びかけて、二首を返している。

わが君に戯奴は恋ふらし賜《たば》りたる茅花を喫《は》めどもいや痩せに痩す

我妹子が形見の合歓木は花のみに咲きてけだしく実にならじかも

家持は自らを「戯奴」とへりくだって戯れの恋の行く末を茶化している。あなたに贈ってもらった茅花は食べても痩せるばかりだし、合歓木の花は咲いても実がならないかもしれないというのである。

ねむの花で今一つ忘れられないのは、奥羽紀行の途次に松尾芭蕉が羽後（秋田県）の象潟《きさかた》で詠んだ句であろう。

象潟や雨に西施《せいし》がねぶの花

元禄二年（一六八九）三月二〇日に江戸を発って奥羽に向かった芭蕉は、陸前（宮城県）の松島を巡覧し、陸中（岩手県）の平泉から羽前（山形県）を経て羽後の酒田に入り、六月一六日には雨にけぶる象潟を訪ねている。芭蕉の句はおそらくこのときに詠まれたものであろう。

象潟は「東の松島、西の象潟」と並び称される景勝の地で、『おくのほそ道』には「松島は笑ふが如く、象潟はうらむがごとし」と記されている。象潟はもともと鳥海山の火山噴出物が堆積してできた陸地であったが、嘉祥《かしょう》三年（八五〇）に出羽国（羽前・羽後）を襲った大地震によって海岸線が大きく前進し、南北二キロ、東西三キロほどの潟になって、そこに百余の小島を浮かべた景勝の地が出来上がったのである。

象潟は松島と共に芭蕉がどうしても尋ねたい場所であった。雨にけぶる美しい象潟を前にして、芭蕉はその姿を傾国の美女西施の眠る姿と「ねぶの花」に重ね合わせたのである。

芭蕉が象潟を訪ねた旧暦六月一六日は西暦一六八九年八月一日に当たる。象潟は秋田県の南部に位置するから、ねむの花が咲く時期も私が住む京都近辺より相当遅かったのであろう。

ちなみに、芭蕉が訪れてから一一五年後の文化元年（一八〇四）に起きた象潟地震によって海底が隆起し、現在の象潟は水田地帯の中に小島が浮かぶ独特の景観をつくっている。また大地震によって、芭蕉が見たような象潟が出現しないとも限らない。

祇園祭

京都の街中で祇園囃子の鉦《かね》の音が聞こえるようになると、たとえ重たく垂れこめている梅雨空の下でも、真夏の油照りの日々がもうそこまで押しかけて来ているような気分になる。浴衣と団扇が雑踏を行き交う宵山の熱気から絢爛豪華な山鉾巡行に至って最高潮に達する祇園祭は、季節を梅雨から盛夏へと橋渡しする祭りでもあり、京都文化圏の中で過ごしてきた者には忘れがたい夏の風景である。

祇園祭は、七月一日の吉符入《きっぷいり》から神事を重ね、一七日の前祭《さきまつり》山鉾巡行、二四日の後祭《あとまつり》山鉾巡行をへて、三一日の夏越《なごし》祭まで一カ月にわたる八坂神社の祭りである。今は七月の行事になっているが、かつては旧暦六月の祭りであった。

祇園祭は、祇園御霊会《ごりょうえ》とも呼ばれるように、貞観五年（八六三）に疫病退散を願って内裏の南に在った神泉苑にて御霊会を行なったことに始まるとされている。その六年後の貞観一一年（八六九）五月に東日本大震災に匹敵する規模だと言われている貞観大地震が起こると、全国六六ヶ国の穢《けが》れを祓うために六六本の矛を神泉苑に立て、牛頭《ごず》天王を祭神として御霊会を行なっている。祇園御霊会の最後が夏越祭であることからも分かるように、この祭りは旧暦六月の晦日に行なわれる夏越の祓《はらえ》と習合したものである。

祇園祭をはじめ、夏には多数の見物人を集める華麗な祭りが多い。祇園祭と共に名高い大阪の天神祭も七月に行なわれるが、これも本来は旧暦六月の行事であるから、天神信仰（怨霊信仰）と夏越の祓の習合したものであろう。かつて疫病や災厄の類は怨霊の仕業と考えられており、梅雨のころから真夏へと移る旧暦六月はその被害も顕著だったことから、穢れや邪気を祓うことは人々の痛切な関心事であった。そのために神霊の好む華麗な行列を披露し、あわせて多くの見物衆をあつめ、そのエネルギーをもって悪霊の退散を願ったのである。

古来、夏に催される祭りは華麗な出し物があり見物衆も多かったことから、歳時記などではただ「祭り」とだけあれば夏祭りを指し、これを夏の季語として扱っている。多くの神社にあっては春秋の例大祭を重視するし、農村などでは収穫を祝う秋祭りが印象に残るものである。確かに、祭りは年中催される。しかしながら、季語が重要な働きをする連歌・俳諧、俳句の世界では、これら夏以外の祭りをただ「祭り」と言ってしまっては誤解を生ずることになる。

祭りが夏の季語となったのは、平安貴族にとって旧暦四月（現在は五月）に行なわれた葵祭が最も大切な祭りであったことが与っていよう。『枕草子』第五段には「四月、祭の頃いとをかし」とだけあって、どこにも「葵祭（賀茂の祭）」の言葉はないが、当時の人たちには「祭」と聞けばそれが葵祭を指すものだと分かっていたのである。同じく平安時代中期に著された『源氏物語』でも「葵」の巻が立てられて、祭り見物の最中に起こった六条御息所《みやすどころ》と葵の上との車争いが印象的な場面として描かれており、葵祭が格別な祭りであったことが知られる。つまり、祭りといえば葵祭であり、それは言わずと知れた夏祭りなのである。

一八歳になって京都にやってきた私にとって、祇園祭は永らく見物するものでしかなかった。しかし、二〇一二年から祇園祭の山鉾町の一つである鯉山《こいやま》町で「祇園鯉山連歌会」と銘打った連歌会を開催するようになって、それまでとは一味違うかたちで祇園祭に参加するようになった。この連歌会は、鯉山保存会の代表者がたまたま筆者の主宰する連歌会の連衆であったことから実現したものである。

鯉山は山車《だし》の上に巨大な鯉が乗っており、これは龍門の滝を登って龍に成ろうとする鯉の勇壮な姿をあらわしているという。登竜門の語源になった故事を山車に仕立てたもので、その四面を飾る華麗なタペストリーは重要文化財に指定されており、一六世紀から一七世紀にかけてホメーロス作『イーリアス物語』を題材にしてベルギーで制作されたものである。その一枚の巨大なタペストリーを裁断し、山車の周囲を飾ったものであることが、近年、ベルギー王室美術歴史博物館により明らかにされている。古代ギリシャの文化が西ヨーロッパを介して京都のど真ん中に何百年も伝えられてきたのである。

祇園祭では、二〇一四年から旧に復して、先祭と後祭を行なうことになった。鯉山は後祭に巡行するのだが、連歌会は先祭巡行の日に室町通に面する鯉山町の料理屋を借り切っての興行になる。祇園祭の最中の連歌会とあって人気も高く、いつも二〇名を超える連衆が集まって、祭りの熱気をそのまま持ち込んだような活気のある連歌会になる。ちなみに、第一回祇園鯉山連歌会で詠まれた連歌の最初の三句（三物《みつもの》）を挙げておこう。

宵山や鯉は龍ともなりぬらん（弘子）
室町通六角《ろっかく》の夏（修三）
女子大生スマートフォンで語らいて（貴代美）

発句は長野から参加された方で、挨拶の句として鯉山の龍門滝の故事を詠んでいる。宵山はもちろん祇園祭の宵山のことである。発句の挨拶に次ぐ脇句は、発句の挨拶に応え、連歌興行の場に敬意を表している。第三句目は一転して室町通六角を行く現代的な女子大生の姿を付けたものである。以下、転変果てしない連歌の世界が展開することになる。

連歌のたのしみは、その場その季節に我が身を置いて、一座する連衆と共に思いがけない発想やイメージの変化を堪能することにある。酒や料理の楽しみもそこに加わる。私にとって、祇園鯉山連歌会は祇園祭に溶け合って夏の忘れられない風景となった。しかもそれは古代ギリシャ神話や平安時代の貞観大地震の記憶にも連なっているのである。

茅の輪くぐり

六月も末になると、神社の境内には直径二、三メートルもある大きな茅《ち》の輪が立っているのを見かけるようになる。茅の輪の両脇を守護するように青葉をつけた竹が立てられ、その竹の間に渡された綱に御幣が垂れているのも何やらいわくありげである。

茅の輪をつくる茅（ち・かや）は、チガヤ・ススキ・スゲなどの総称で、茅葺《かやぶき》屋根や笠の材にも使われ、古来、邪気を払う力があると信じられていた。その茅の生命力が最も旺盛になるのが六月である。そして六月晦日《みそか》を迎えると、参拝の人たちは8の字を横に寝かした∞を描くようにして左・右・左と茅の輪を三回くぐり、一月からの半年の間に身にまとった罪や穢《けが》れを祓《はら》う。これが梅雨の最中に行なわれる茅の輪くぐりの神事である。

茅の輪くぐりの由来は、素戔嗚神《すさのお》が妻問いの旅の途中に、貧しい蘇民将来《そみんしょうらい》に宿を借してもらった礼に「茅の輪を腰に着けておけば疫病が流行《はや》ったとき免れることができる」と教えたことに始まるという。この話は奈良時代に編纂された備後国風土記に見えているもので、高天原《たかまがはら》で荒ぶる神であった素戔嗚は、この世で疫病退散の神として古くから信仰されていた。平安時代前期の旧暦六月に疫病退散を願って始まった京都八坂神社（祇園社）の祇園祭も、その祭神は牛頭《ごず》天王と習合した素戔嗚神である。

平安時代中期に成った『拾遺和歌集』に「よみ人知らず」として見えている歌に、

水無月《みなづき》のなごしの祓《はらへ》する人はちとせの命のぶといふなり

というのがある。「水無月」は六月、「なごしの祓」は六月晦日に行なわれる夏越《なごし》の神事、「ちとせ」は千歳である。夏越の祓をすれば久しい命が得られるというこの歌は、茅の輪くぐりをする際に唱えられる呪文ともされている。

茅の輪くぐりは蘇民将来の伝説を借りて夏越の祓を一般の人にも親しみやすいように儀式化したものもので、その本義は祓にある。祓は神道において、というよりも清浄を尊ぶ日本人にとって、最も根源的な宗教儀礼である。

夏越の祓は一二月大晦日の年越の祓とともに「大祓」の名で呼ばれており、飛鳥時代に制定された大宝律令（七〇一年）にも宮中行事として定められている。この大祓のおりに宮中で唱えられる祝詞《のりと》は、夏越にしても年越にしても全く同じ文言である。つまり、六カ月ごとに同じ神事が繰り返されるのである。こうした例は、盆と正月、中元と歳暮、夏と冬のボーナス、春秋の彼岸など、今日でも日本の行事や慣習の中に数多くみられる。

夏越の祓は夏の終わりの神事で、これが終われば、旧暦における季節は土用を挟んで秋になる。我が国に大陸から旧暦が伝わる以前の古い春秋暦（六世紀以前）では六カ月ごとに新しい「トシ」を迎えたわけだから、夏越の祓は単に疫病退散を願うというよりも、新しい「トシ」を迎えるための祓の神事に起源をもつと考えられる。茅の輪くぐりが半年間の穢れを祓う神事であることにも、そのことはうかがわれよう。

「トシ」を越すためには祓が必要だという観念は現代にも形を変えて残っている。一二月晦日の除夜の鐘は、一〇八の煩悩を除くという仏教化された祓であるといえよう。また立春の前に行なわれる節分の豆まきも、身辺から邪悪なもの（鬼）を追い出す祓に他ならない。この豆まきの起源となったのが平安時代の古典にしばしば登場する追儺《ついな》（鬼やらい）で、これは新年を前にした一二月晦日の行事だった。

新しい「トシ」を迎えるためには祓をして身を清めておかなければならない。「年越の祓」は太陽年を一年とする太陰太陽暦（旧暦）が大陸から導入されて以降は一二月晦日だけの行事になってしまったが、それ以前は夏越の祓も同じように「トシ越の祓」と言われていたであろうことは容易に推測できる。

新暦の六月晦日といえば梅雨の真っ最中で、これから本格的な夏が始まるというときに夏越の神事というのは、いささか合点《がてん》のいかぬむきもあろう。しかしこれも、旧暦の六月晦日を新暦の六月晦日にしてしまったために季節が一カ月ほど前にずれてしまったからだと分かれば得心していただけるであろう。とはいえ、新暦の感覚に慣れ親しんだ人には、茅の輪くぐりが、暑かった夏を越えて秋を迎えるための神事ではなく、これからやってくる夏の暑さを乗り切るための神事だ、と誤解している人も少なくないであろう。

ともあれ、茅の輪くぐりが夏の季語であることは間違いないのだが、それが夏の終わりの神事か梅雨最中の神事かでは受け取る側のイメージはずいぶん違ってくる。少なくとも旧暦が使用されていた時代（明治五年以前）なら晩夏、新暦の時代ならば仲夏（梅雨）の神事ということになるだろう。日常生活ではさほど支障がないにしても、季語が重要な問題になる文学（連歌・俳諧・俳句）の場合、こうした細かな配慮が欠かせないものになる。

夕立

夏の午後、青い空に真っ白な入道雲が激しく湧き上がる。まだまだと、仲間の少年たちと川原で遊び興じているうちに、熱く焼けた足元の川原石にぽつっと大粒の雨が落ちてくる。見上げれば頭上はいつしか暗雲に覆われている。あたりが急に涼しくなる。誰かが「夕立じゃ」と叫び声を上げると、みんな一目散に家の方に駆けだす。雨が地道を打ち、熱をもった土の匂いが立ちのぼってくる。

あれから何十年もたち、何度夕立を経験したかしれないが、夕立と聞けば、真っ先にあの少年時代の夏休みの光景がよみがえる。

夕立は言わずと知れた夏の季語である。この言葉は早く『万葉集』にも見えているが、そこでは夏の風物として詠まれているわけではない。

暮立《ゆふだち》の雨うち降れば春日野の草花《をばな》が末《うれ》の白露《しらつゆ》思ほゆ（小鯛王）

この歌は『万葉集』巻一六に「由縁《ゆえん》ある雑歌」として採られていて、ここには面白い歌が少なからずある。雑歌は宮廷行事や宴の席などで詠まれた雑多な歌で、作者の小鯛《おたい》王は、宴のとき琴を取れば必ずこの歌をまず吟詠したという。夕立が降ってくるのを見ると奈良の春日野の薄《すすき》の尾花《おばな》の先の白露のさまが想われる、という歌だが、これと同工異曲の歌が同じく『万葉集』巻一〇「秋の雑歌」に「露を詠む」として採録されており、こちらは作者未詳となっている。

夕立の雨から春日野↓尾花↓穂先↓白露へと連想がズームインしていく手法の歌だが、巻一〇の歌では部立《ぶだて》が「秋の雑歌」となっていることからも分かるように、ここで詠まれた薄や露は秋の代表的な季語である。夏の夕立とはそぐわないという気がしないでもない。おそらくこれは、白露《しらつゆ》を白露《はくろ》（二十四節気の一つで太陽暦なら九月七日ごろ）に重ね合わせたところに小鯛王の面目があり、まだ夏の暑さが残っているころ、夕立の雨で少し涼しくなった中で、本格的な秋の到来を夢想する歌だと解釈すればよいのではなかろうか。

もう一つ夕立の歌を見てみよう。『新古今和歌集』「夏歌」の部に採られた歌である。

夕立の雲もとまらぬ夏の日のかたぶく山にひぐらしの声（式子内親王）

式子《しきし》内親王（一一四九～一二〇一）は後白河天皇の第三皇女で、一一歳のときから一〇年ほど賀茂斎院として奉仕したあと波乱に満ちた人生を過ごした。当代随一の女流歌人で、藤原定家が密かに恋慕したとも言われ、謡曲や百人一首の世界でも独特の位置を占めている。歌の意味するところは、夕立の雲も通り過ぎて、夏の日が傾きかけた西の山にはヒグラシが鳴き出した、と解りやすいが、秋の季語であるヒグラシを詠みこんだところが悩ましい。

ヒグラシの声を聞くのは京都近辺だと七月の下旬から八月中旬くらいまでであろうか。新暦なら夏の盛りと言ってもよいころだが、旧暦なら晩夏から初秋ということなる。一方、夕立は、夏の小笠原高気圧が広く日本列島を覆って大気が安定する盛夏には少なく、その前後、上層に冷気が入って大気が不安定になるころに多くなる。八月八日の立秋は暑さの盛りであるが、これ以降、旧暦ではすでに秋である。正確な日付は覚えていないが、私の少年時代の夕立の記憶も立秋を過ぎたころであっただろう。ちなみに、当時の夏休みは八月一日から三一日までである。

こうして見てくると、式子内親王の歌は、先の小鯛王の歌と同じく、夏の季語と秋の季語を重ねて晩夏から初秋に移り変わる微妙な季節感を表現したものと言えないだろうか。江戸時代以降にできた歳時記などの影響で、私たちは季語と季節を堅苦しく対応させすぎているのである。

夕立や草葉をつかむむら雀（与謝蕪村）

この蕪村（一七一六～八四）の発句《ほっく》は突然の夕立に驚いて葦などの草葉によりそう雀の群れを詠んだものだが、ここでは微妙な季節感を詠むよりも夕立の情景を表現することに注意が向けられている。発句のわずか一七音では、先に挙げた二つの短歌のように微妙な季節の推移を表現するのが難しくなるのも仕方ないであろう。

愛すと告ぐ大夕立の真只中《まただなか》（台迪子《うてなみちこ》）

激しい夕立の中の恋を詠った現代の俳句である。大夕立は今風に言えば「ゲリラ豪雨」だが、これでは恋の気分が盛り上がらないであろう。

日本語には夕立をはじめ雨に関する言葉が多い。夕立と同じ意味の言葉に「白雨《はくう》」や「喜雨《きう》」がある。前者は激しい雨が白く見えるところから、後者は夏の旱天を潤してくれるところから名づけられたようだが、普段耳にする言葉ではない。それに対して「驟雨《しゅうう》」は吉行淳之介の芥川賞受賞作の題名に使われたこともあって、よく知られている。これらはいずれも夏の季語である。突然に降ってすぐに止む雨としては、他にも村雨《むらさめ》、にわか雨、通り雨などがあるが、これらは夏とは限らない。

日本には、その降り方によって、その季節によって、さまざまな雨がある。これは日本の気候が多彩で、雨が人々の生活に深くかかわっているからである。近年では異常気象が喧伝され、雹《ひょう》や竜巻を伴った突然の豪雨を「ゲリラ豪雨」の名で呼ぶことが一般化している。季節も夏と限らずに、襲い掛かってくる。そのためか、夏の季語である夕立という伝統的な言葉を聞くことが少なくなったような気がする。

秋

七夕

七夕《たなばた》といえば、まずこの童謡を思い出す。

笹の葉　さらさら　軒端にゆれる
おほしさま　きらきら　きんぎん砂子《すなご》（権藤はなよ作詞）

同音を繰り返すオノマトペーが印象的な童謡である。「きらきら」している「おほしさま」は、「きんぎん砂子」の天の川を挟んで向かい合う琴座のベガ（織女星《しょくじょ》）と鷲座のアルタイル（牽牛星《けんぎゅう》）である。この二つの星が年に一度、七夕の夜に出逢うことができるという説話は、少年の私も知っていた。ところが七月七日の夜に天の川を挟んで向かい合う二つの星を見たという記憶がない。まだテレビが入ってくる前で、そのころの少年は夜になればさっさと寝てしまうということもあっただろうが、七夕が梅雨の盛りの行事であったということも与《あずか》っていただろう。

七夕が終わると、やがて梅雨も終わり、そのあと本格的な夏がやってくる。どう考えても七夕は夏の行事である。ところが、俳句では七夕が秋の季語となっている。初めてこのことを知ったとき、旧暦と新暦の季節感が生み出した錯誤だと知らなかった少年の私は、ひどく戸惑った記憶がある。

日本の七夕の起源は複雑である。春トシと秋トシの始めに祖霊を迎えるという我が国の古い祭事、奈良時代の貴族が憧れた大陸渡来の乞巧奠《きっこうでん》という行事、さらには仏教起源の盂蘭盆会《うらぼんえ》の行事、そうしたものが複雑に習合しながら現在にまで伝承されているのが七夕である。七夕は伝統的な行事であると共に国際的な行事なのである。

そもそも「七夕」と書いて、何故「たなばた」と読むのか。七月七日は中国人の尊ぶ陽数（奇数）の並ぶ日で、この日の夜、織女と牽牛が年に一度出逢うとされ、女性は裁縫や機織りの技芸向上を織女星に願ったといい、この乞巧奠（乞巧は技芸の向上を願うこと、奠は供物）の行事が奈良時代の我が国に伝来したのである。一方、我が国には神の妻として神の衣を織る棚機津女《たなばたつめ》（「津」は助詞「の」に同じ）の伝承があり、それが大陸伝来の七夕行事と習合して、七夕（しちせき）が「たなばた」の名で呼ばれるようになったのである。

舶来の七夕行事は万葉人の恋心も大いに刺激したらしく、『万葉集』巻一〇秋の部には「七夕」と題し長歌・短歌合わせて九八首もの歌が採録されている。多くは恋の歌である。

天の河楫《かぢ》の音《と》聞ゆ彦星と織姫《たなばたつめ》と今夕《こよひ》逢ふらしも

天の河は高天原《たかまがはら》の安《やす》の河と見なされ、彦星は船で河を渡って七月七日の一夜だけ織姫に逢うと考えられたのである。

盂蘭盆は、インド発祥の仏教に中国の民間伝承が融合したものであるとされている。子孫が絶えてしまって供養を受けられない死者の霊は地獄に落ちて「倒懸の苦」

（逆さ吊りの責め苦）を受けるので、その苦を救うために供物を捧げる行事である。これが我が国に渡ってきて、先祖の霊を迎える秋トシの始めの行事と習合し、七月一五日の盆の行事となったのである。七月七日は、その盆行事に先だって禊《みそぎ》や物忌みを行なう日であった。地方によってはこの日に水浴びをしたり墓掃除をしたりする風習も残っていて、「盆はじめ」「盆七日」などと称している。

七夕行事は、春トシの始め（旧暦なら二月一五日だが、それが習合の過程で秋トシの場合と同じく一カ月前に進められる。一月一五日の小正月がその名残）に先祖の霊を歳神様として迎える前の精進である七草粥の行事によく似ている。七夕に笹や竹を用いるのも、邪悪なものを祓うためであろう。つまり、春トシの正月を迎えるための物忌・精進が七草粥であり、秋トシの始めを迎えるためのそれが七夕だったと言えよう。

「春分・秋分のころの満月の日」を春トシ・秋トシの始めとしていた春秋暦が大陸伝来の太陰太陽暦に取って変わられると、春トシ・秋トシの始めである満月の日は一月一五日と七月一五日の祭事とされた。その祭事に先立って行なわれる物忌が半月《はんげつ》（七日月・上弦の月）の日だったのである。七草粥と七夕がそれにあたる。ただし、両者ともに外来の文化と習合し様々な変遷を遂げているので、それが同じ起源の行事だとは容易に分からなくなってしまっている。

古代の貴族たちが担った七夕は、江戸時代になると五節句の一つとして武士のみならず一般庶民にも普及する。一月七日（人日・七草の節句）、三月三日（桃の節句）、五月五日（端午の節句）、七月七日（七夕の節句）、九月九日（重陽・菊の節句）がそれである。これらは旧暦に拠っていたから、七月七日は、当然、秋の行事ということになる。歳時記などが七夕を秋の季語とするのは、こうした伝統に基づいている。

『おくのほそ道』の旅に出た松尾芭蕉は元禄二年（一六八九）七月に越後の出雲崎で天の川を詠んでいる。

荒海や佐渡によこたふ天河《あまのがは》

元禄二年の七夕の日は新暦でいうと八月二一日になる。今日なら、立秋も過ぎ、お盆も終わって、肌身にも秋風を感じるころである。旧暦で暮らしていた人たちが七夕を秋の季語とするのに何の問題もなかったのである。

しかし、明治五年（一八七二）の旧暦から新暦への切り替えが七夕の季節感を複雑にしてしまった。改暦にあたって、旧暦と新暦はおよそ一カ月のずれがあるので行事を季節に合わせて月遅れに設定する場合が少なくなかった。しかし、七月七日の七夕のような場合は新暦でも数字を変えるわけにいかず、旧暦の七月七日をそのまま新暦の七月七日にしてしまったのである。

晩夏から初秋の京都における行事で見ても、旧暦では、六月一日の吉符入《きっぷいり》に始まり六月晦日《みそか》の夏越《なごし》の祓《はらえ》に終わる祇園祭のあと、季節は秋になり、七月七日の七夕、七月一五日の盆と順調に続くのだが、新暦になると、六月三〇日の夏越の祓（茅の輪くぐり）の翌七月一日から祇園祭の行事が始まり、その途中に七月七日の七夕を挟んで、七月三一日、八坂神社の境内摂社である疫神社の夏越祭で祇園祭が終わり、次いで八月一五日の盆を迎える。旧暦そのままの夏越の祓と七夕、月遅れの祇園祭と盆がごちゃ混ぜになって日本人の繊細な季節感を台無しにしてしまっているのである。

東北三大祭りの一つとして名高い仙台の七夕祭は月遅れで八月七日前後に行なわれている。これなら立秋の近辺なので七夕が秋の季語であってもおかしくはない。最近、京都でもオフシーズンの観光客誘致を兼ねて「京の七夕」と銘打ち月遅れの七夕祭が行なわれるようになったが、それでは三月三日の桃の節句や五月五日の端午の節句はどうなるのだろうか。

花火

秋になって花火の話をするのはいささか季節外れのような気もするが、歳時記（山口青邨・石塚友二監修）では花火を秋（初秋）の季語としている。ただし、花火には子どもたちが興じる手花火（おもちゃ花火）もあり、こちらは夏の季語として扱われている。それはともあれ、花火と言えば、やはり専門の花火師が活躍する打上げ花火に尽きるだろう。

暗く暑く大群衆と花火待つ（西東三鬼）

盛大な花火大会は七月から八月にかけて全国のあちこちで催される。新聞やテレビでも「夏の夜空を焦がす大輪の花」とか「団扇《うちわ》と浴衣《ゆかた》」といった常套句が強調される。現代の日本人にとって、花火は夏の華やかな光景であり、懐かしい記憶となっている。それなのに、花火の季節が秋というのは、現実感覚にそぐわないような気がする人も多いのではなかろうか。

我が家の近くで行なわれる盛大な花火大会を挙げるとすれば、八月七日ごろの「びわこ大花火大会」(滋賀)であろう。京都・滋賀などから三十万人以上の見物客を集めて、一万発の打ち上げ花火が湖上を華やかに彩る。立秋は八月七、八日ごろだから、旧暦で考えれば秋とするにはややこしい時期だと言えなくもない。

関西には他にも、「なにわ淀川花火大会」(大阪)、「みなとこうべ海上花火大会」(兵庫)が八月八日に行なわれ、いずれも何十万人もの見物客でにぎわう関西屈指の花火大会である。関西で見物客が最も多いのは毎年百万人以上を集める「天神祭奉納花火」であるが、これは大阪天満宮の天神祭が行なわれる七月二五日の付帯行事になっている、

関東では、やはり七月二五日ごろ、二万発を打ち上げ、百万人の見物客を集める「隅田川花火大会」が有名である。これは江戸時代の享保一八年(一七三三)五月二

八日に第八代将軍徳川吉宗が江戸の大川端（隅田川河畔）で花火を打ち上げた伝統を引き継ぐものとされている。

大川端の花火は、その前年に、疫病や飢饉によって数多くの死者が出たのを慰霊し、悪疫退散を祈願する川施餓鬼《せがき》が催されたのを引き継いで、両国の川開きの日に合わせて打ち上げられたものである。旧暦五月二八日と言えば梅雨の末期であるから、花火の強烈な光と音によって悪疫退散を願ったのである。隅田河畔に桜を植え花見を奨励したのも吉宗の発案だから、江戸町民に娯楽を提供しようという政治的な思惑もあったであろう。

ところで、旧暦五月二八日といえば雨の降ることが多く、特にこの日の雨は「虎が雨」と呼ばれて特別視されている。これは『曾我物語』で有名な曾我十郎・五郎兄弟の仇討が決行された日である。源頼朝が富士の裾野で大規模な鷹狩を催したおり、兄弟は父の仇の伊東祐経を討ち取るのだが、兄の十郎はその場で切り殺され、弟の五郎も捕えられたうえ頼朝の尋問を受けた後に処刑される。十郎の恋人だった遊女虎御前は、兄弟の死を悼み、出家してその菩提を弔った。五月二八日に降る雨は、虎御前の悲しみの涙であるという。

曾我兄弟の仇討は能・浄瑠璃・歌舞伎などでしばしば取り上げられ、江戸時代には周知の物語であったから、五月二八日という日に催された大川端の花火に、当時の江戸の町民は特別な感慨をもったに違いない。また、花火打上げが死者の供養である施餓鬼として行なわれたことは、同じく先祖供養の行事である盂蘭盆会《うらぼんえ》（旧暦七月一五日）における迎え火や送り火に近しい思いを持たせたであろう。

花火はもともと中国における火薬の発明に始まり、武器として敵を攻撃するだけでなく、新年を迎えるにあたって邪悪なものを追い払うためにも使われるようになる。花火は安土桃山時代に明商人によって我が国にもたらされたとされるが、江戸時代になって泰平の世となり、武器としての火薬の需要が少なくなると、火薬の製造を生業としていたものたちは花火に活路を求めるようになる。そこから日本の打上げ花火は独特の発展を遂げることになった。

日本人は花火を鎮魂のために打ち上げた。しかし花火は、暗闇に一瞬美しい花を咲かせ、たちまちのうちに消え去ってしまう。そこに日本人は、一斉に咲いて散っていく桜に対するにも似た美意識を重ね合わせたのである。桜を意味する「花」を冠して花火と称するのも、そうした日本人の意識を抜きにしては考えられない。

日本の夏は蒸し暑い。その夏の闇夜を飾る花火は、団扇・浴衣とともに絶好の納涼感を演出してくれる。さらに川開き、海開きなどの行事とうまく結びついて、花火は日本人の夏の風物詩となったのである。

それなのに、歳時記が花火を秋の季語としているのは、花火が鎮魂から始まり、それが施餓鬼や盂蘭盆会との結びつきを失わず、ことに関西では盆行事の一つのように捉えられていたことも少なからず与っていよう。名だたる花火大会の時期が立秋の前後に集中していたから、旧暦感覚が抜けない歳時記としては花火を秋のものとする意識が強く働いたのであろう。ただし、大川端の打上げ花火の記憶が残る関東では花火は夏のものとする意識が強かったらしい。

芥川賞を受賞してベストセラーとなった又吉直樹の『火花』の結末部分に「熱海海上花火大会」の見物場面が出てくる。そこで作者は「熱海では夏場に限らず、一年を通して何度か花火大会があるらしい」と記している。確かに、熱海の花火大会は観光客集めもあって各季節を通じ年一四回（二〇一五年）も催されるが、それでもやはり夏場は七回と多く、殊に八月は五回を数える。

花火は夏のものだという意識は現代の日本人に深くしみついている。こうしたこともあって、近頃では花火を夏（晩夏）の季語とする歳時記も少なくない。

八朔

「はっさく」と言えば、柑橘《かんきつ》類のハッサクを思い浮かべる人が多いかもしれない。ハッサクは伝統的な祭事である八朔《はっさく》のころに食べられるみかんということで、明治になって名づけられたものである。

八朔は旧暦八月朔日（一日＝新月の日）の祭事である。旧暦の八月と言えば、もう秋も半ばの仲秋だから、歳時記などでは秋の季語として扱われている。

八朔や犬の椀にも小豆《あづき》飯（小林一茶）

八朔には何やかやと贈答がなされる。そこで犬にも小豆飯（赤飯）が振る舞われたというのである。これはもちろん江戸時代の句であるから、八朔も旧暦八月一日の秋の祭事で問題はない。

　ところが、明治五年の改暦によってややこしいことになってしまった。八朔という名を負った伝統的な祭事なのだからと、八月一日という数字を大切にしようとすれば、季節感が大きく狂ってしまう。それでも旧例を尊ぶ京都祇園などでは、新暦の八月一日（新暦の一日は必ずしも新月の日＝朔日とは限らない）を八朔の日として、芸妓や舞妓が日頃お世話になっているお茶屋とか習い事のお師匠さんに挨拶回りをするのが慣例である。これだと、祇園の八朔は夏の季語ということになってしまう。

　一方、八朔の季節感を大切に考える人たちは月遅れの九月一日を八朔の日とした。これでは八朔が九朔になってしまうが、そこは目をつぶって旧暦の八朔に近い新暦の九月一日を採用したのである。しかしこれも、戦後にサラリーマン家庭が激増して平日の祭事に参加することが難しくなると、九月の第一日曜日に変更するのが一般的になってしまった。

　旧暦八月一日という特定の日（八朔）をその名に掲げた祭事であるにもかかわらず、九月第一日曜日を祭日とするのだから、ずいぶん妙な話である。加えて、全国で行なわれている八朔の祭事は多様で、その起源も明確ではない。日本民俗学の創始者である柳田國男も「どうして始まつたかを説明し得ない行事はまだ多く……八朔といふ日がどうして農村の大切な式となり、殊に贈答を主として居たかもその一つである」（民間暦小考）と言っている。

各地の八朔祭事を見てみよう。熊本県の矢部八朔祭では大造り物を曳きまわして田の神に豊作を祈願し、花火大会も催される。また、秋田県の矢島八朔祭では神輿《みこし》や山車《だし》の巡行があり、山梨県の都留《つる》八朔祭でも大名行列や屋台の巡行がある。同じく茨城県の那珂湊《なかみなと》八朔祭では風流物の屋台が曳きまわされる。京都府松尾大社の八朔祭では、風雨を避けて五穀豊穣となることを祈り、神輿巡行や八朔相撲も催される。香川県丸亀の八朔祭では、馬術の名手であった丸亀藩の曲垣《まがき》平九郎

八朔だんご馬（香川県丸亀市）

が将軍のお褒めに与《あず》かった故事にちなんで米粉の八朔だんご馬をつくり、男児のすこやかな成長を願って親しい人に贈るならわしがある。

同じ八朔祭と言っても、地方によってずいぶん違う。それでも、山車や屋台の巡行は京都の祇園祭や青森のねぶた祭のような夏祭り特有の華やかさで共通している。さらに八朔が立春から数えて二百十日前後に当たるところから、風鎮めや五穀豊穣を祈願することも少なからず見受けられる。八朔を「田の実の節句」と称する地方もある。

八朔はそれぞれの時代の精神や風流を貪欲に取り込んで今日の多彩な祭りになったと思われる。そのなかでも徳川家康が初めて江戸城に入城した日が旧暦八月一日で、武家にとっては五節句に次ぐ重要な祭日となっていたことも大きく与っていただろう。都留八朔祭の大名行列や丸亀のだんご馬の贈り物などにも、その心持ちは見えている。

だが、何よりも肝心なのは、一茶の句や柳田國男の言葉に見えているように、八朔には贈答が付き物になっていたことである。なぜ旧暦八月一日には贈答が欠かせないのか。

その起源は、おそらく古代律令制において官職を有する者すべてに支給された季《き》禄《ろく》にまで遡るであろう。これは二月と八月に支給されるもので、すでに七世紀末の文武天皇の時代には記録も残っている。季禄は前にも触れたように今日の夏・冬のボーナスに当たるもので、大陸から太陰太陽暦（旧暦）が到来する六世紀以前に我が国に存在したと思われる春秋暦のトシの始め（春分・秋分に近い満月の日で、半年が一トシとなる）を祝う習慣がまだ残っていたために、官人にボーナスが支給されたのであろう。

季禄は律令制を導入する際、唐の制度を受け入れたものとされているが、唐のそれが一月と七月であるのに対し、日本の季禄が二月と八月に支給されるのは、やはり古い習慣が日本にあったからと考えなければ説明ができないであろう。しかし、この季禄も春秋暦の存在が忘れられ、大陸伝来の太陰太陽暦が一般的になる平安中期以降になると次第に行なわれなくなった。その一方、民間では大陸伝来の中元（道教に由来する）や盂蘭盆会（仏教に由来する）の行事と習合して「お中元」となり、「お歳暮」と並んで贈り物をする風習が忘れられることはなかった。

八朔という言葉は暦にちなむもので、大陸の太陰太陽暦が導入されて以降にできた言葉であることは間違いない。そのような時代になっても日本人は遠い昔のトシの始めの記憶を残し、八月朔になると新しいトシの始めを祝うための贈り物をしなければならぬと観念していたのであろう。

色なき風

二〇一六年の夏は暑かった。京都の八月の猛暑日（最高気温が三五度以上）は二〇日もあり、九月中旬になっても相も変わらず真夏日（最高気温が三〇度以上）が続いた。そんな時に、さわやかな秋風の到来を願う切実な気持ちは今も昔も変わらない。

秋きぬと目にはさやかに見えねども風の音にぞおどろかれぬる（藤原敏行）

『古今和歌集』に見えているこの歌の詞書には「秋立つ日よめる」とある。つまり、まだ暑さの盛りのころともいえる立秋の日に暦に触発されて詠んだ歌である。暦の上では秋になったというのに、秋の気配を探してもそれらしきものは目に見えないが、ただ、ふと吹いた風の音に秋を感じて驚かされたというのである。

風は目に見えない。ただし、風は音だけでなく、木の葉が揺れたり、皮膚に当たる感触でも、その存在を認知することはできる。藤原敏行の歌は見えない秋を風の音によって感知したところが手柄であったが、和歌の世界では見えないはずの風の色にも着目していた。

藤原敏行と同じ時代に活躍した歌人の紀友則《きのとものり》は、目には見えない秋風を「いろなきもの」と詠った。

吹き来れば身にもしみける秋風をいろなきものと思ひけるかな

（古今和歌六帖）

ここで言う「いろなき」は華やかな色艶のないことをいう。つまり、身にしみる秋風には華やかな色も艶もなく侘しいものに思われるというのである。秋風は身にしみて侘しいものとするのが平安貴族の習いであった。

平安後期になると、友則の歌を本歌として、久我太政大臣（源雅実《まさざね》）は、堀河院（一

○七九〜一一〇七）が崩御されたのちの神無月《かんな》（旧暦の一〇月で、初冬に当たる）にしみじみとした風の音を聞いて次のように詠んだ。

物思へば色なき風もなかりけり身にしむ秋の心ならひに（新古今和歌集）

この歌は秋風をはっきり「色なき風」と言っている。亡き堀河院のことをつらつら思って寂しさが募るのに、身にしみている習いとして侘しさを感じさせてくれる秋風（色なき風）ではなく、今は神無月の風が吹いている、というのである。

秋風を「色なき風」というのは歳時記にも見えている。和歌の伝統を受け継いで秋の風の異名としているのであろうが、現在の日本人には秋の澄み切った風という受け止め方であろう。

秋の風といえば「白風」とか「白き風」という言い方がある。これは大陸の五行説に由来する名で、秋が白色に対応するところから生まれたものである。

ま日《け》長く恋ふる心ゆ白風《あきかぜ》に妹が音《ね》聞ゆ紐解きゆかな（柿本人麿歌集）

これは『万葉集』巻一〇に採録された歌である。長い間恋い慕っていたから、秋風に乗って恋人の気配が聞こえてくる、帯を解いて早く恋人のもとに行こう、というのである。原文では「白風」と表記して「あきかぜ」と読ませている。また、白秋という言い方もあるが、これなどは詩人の北原白秋の筆名に使われているために、日本人には馴染みの深い言葉になっている。秋の露に色を加えて白露というのも同じである。

芭蕉は「おくのほそ道」の旅で山中温泉に向かう途中、那谷《なた》の観音堂に詣でたおり、その那谷の白い奇岩を見て次のような発句を詠んだ。

石山の石より白し秋の風（おくのほそ道）

石山寺（滋賀県大津市）の名の起こりとなった白い珪灰石（国の天然記念物）は有名だが、

それよりも那谷の奇岩が白いとして、そこに秋風（白秋、白風）を連想したのである。白と似た言葉に「素」がある。玄人《くろうと》・素人《しろうと》の素である。これは白がもともと色のない透き通るようなものを指していたことから、それが秋の透き通るような大気と重ね合わされて、秋風が「素風」とも呼ばれるようになったのである。和歌に見えている「色なき風」の初めも、このあたりにあったのかもしれない。

秋風を「金風」ともいう。色のないはずの風がいつの間にか金色に染まってしまったのだ。これも大陸の五行説において金が秋に対応することから付けられた呼び名であるが、金風などと言われても、五行説に馴染みのない人には秋の風を想像しにくい。

秋風を言うのに、「白風」とか「素風」と言い、また「色なき風」、さらには「金風」などという異名が数多く存在するのは、日本人が秋風に強い関心をもったこともあるだろうが、それ以上に文学ことに和歌や連歌・俳諧さらには俳句という短詩系文学において重要なキーワードとなったことが大きかったのではなかろうか。

明治中期、正岡子規は西欧近代文学の理念に立って連歌形式の文学を否定したが、その最初に詠まれる発句だけは文学たり得るとして、これを俳句と名付け、近代文学の一ジャンルに加えた。その際、子規は、わずか一七音からなる俳句は音の組み合わせから考えてもやがて行き詰るだろうと、次のように言っている。「概言すれば俳句は已《すで》に尽きたりと思ふなり。よし未《いま》だ尽きずとするも明治年間に尽きんこと期して待つべきなり」（獺祭書屋俳話《だっさいしょおくはいわ》）

しかし俳句は、明治のうちに行き詰るどころか、連歌・俳諧に代わって近代の国民的文学として今日に至っている。その理由としては、新しい時代の風物やそれまでになかった視点を積極的に取り入れていったことがあるだろう。その最たるものは季語で、特に近代になってから歳時記に採られる季語は大変な速度で増殖していった。

確かに、わずか一七音で「秋風」とばかり言っていたのではどこかで同じような句が出来てしまいかねない。他の人と違った俳句を目指せば、自ずから新しい「秋風」が必要になってくる。そこで、「色なき風」「白風」「素風」「金風」などと言った「秋風」の異称が次々に季語の中に繰り込まれていったのである。

とはいえ、金風とか素風と言われても、それが秋風のことであり、秋の季語だと直ぐに分かる人は少ないのではなかろうか。部厚い歳時記を繰らなければ真意が伝わらないというのでは、もはや国民的文学の名に値しないだろう。俳句を作る人たちに考えてもらいたいところである。

白露

九月になると、さすがの猛暑もどこへやら、朝夕にくっきりと涼しさが感じられるようになる。このころ顕著に見られるのが露である。
先日、久しぶりに孫娘を連れて近くの公園に行くと、朝の早い時間だったこともあり、足元の草が露を含んでしっとり濡れていた。元気に走り出した孫娘の靴がすぐにぐしょぐしょになってしまい、泣きべそをかいていた。そのおり詠んだ一句。

孫の靴泣くほどぬらす白露《はくろ》かな

ここにいう白露は二十四節気の一つである。白露は九月七日あたりだが、白露と言えばこの日ばかりではなく、秋分までの期間をいう場合もある。昼と夜の寒暖の差が大きくなり、露が目立つころである。同じ秋の露でも、秋分の後に来る節気は寒露と呼ばれている。

ところで、晩秋の冷たい露が寒露とされているのは分かるが、透明な露がなぜ「白露」と呼ばれるのであろうか。我が国最古の歌集である『万葉集』には、秋の風を「白風」と表記して「あきかぜ」と読ませる例がある。これは大陸伝来の五行説で色彩の白が季節の秋に配当されていることによる。また秋風を「色なき風」などというように、白は透き通るようなものを指す場合もあった。してみると、白露というのは秋の透き通るような露というのが本来の意味ではなかっただろうか。

大陸から我が国に伝わった太陰太陽暦は、月の満ち欠けによって月日を記す太陰暦と、太陽の運行に合わせた二十四節気（太陽暦）を合体させた暦である。たとえば暦の上での秋は、七月・八月・九月の三カ月であるが、二十四節気では立秋から始まって処暑《しょしょ》・白露・秋分・寒露・霜降までとなる。それぞれの節気は一五日間ほどつづく。

太陰太陽暦（旧暦）の仕組みが分かっていないと、日本の古典、なかでも和歌・

連歌・俳諧における季節感や季語を充分に理解できない。さらに近代になって導入された太陽暦（新暦＝グレゴリオ暦）との違いも重要である。たとえば、先に挙げた秋は、新暦だと九月・一〇月・一一月となるので注意しなければならない。

旧暦と新暦の季節感の違いには、その暦が誕生した土地の地理的条件も大きくかかわっている。

新暦は西洋暦（西暦）とも呼ばれるように、ヨーロッパ（地中海）で生まれた。この地はユーラシア大陸の西部にあって、温まりにくく冷めにくい海洋性気候の影響を強く受ける。そのため、夏は夏至のある六月から始まり、秋は秋分のある九月から始まる三カ月となっている。一方、旧暦はユーラシア大陸東部の中原（黄河中流域）で生まれ、温まりやすく冷めやすい内陸性気候の影響が顕著な土地であったため、夏は立夏から立秋まで、秋は立秋から立冬までとされている。

両者には季節感に一カ月ほどの差がある。ただし、ユーラシア大陸の東の沖に位置する日本は、大陸の影響を受けながらも、海洋の影響も少なからずあるため、大陸生まれの二十四節気とも微妙なずれが生ずることになる。

二十四節気の秋は立秋（八月八日ごろ）から始まる。日本では最も平均気温が高くなるころで、これ以降次第に涼しくなり、立冬（一一月八日ごろ）の前日までが秋である。近年の暖冬傾向もあって、立冬のころではイチョウもカエデもまだ色づいていない時期である。違和感を覚える人も多いだろうが、これは冬の到来が早い中国大陸の内陸部を基準にした季節だからである。

旧暦と新暦では年の始めも相当に違う。

旧暦の年始は立春のあたりになるが、月日は太陰暦によるので、元日は毎年一一日ほど早くなる。それをほぼ三年に一度の閏月《うるう》を加えて補正する。

一方、新暦（西洋暦）では冬至（一二月二二日ごろ）の一〇日ほど後に年始（元日）が置かれている。ただし古代においては、年始を三月の春分に置いていた。現行のグレゴリオ暦でもSeptember（九月）は「第七の月」、October（一〇月）は「第八の月」を意味するように、三月を年の初めとする古い月の数え方を残している。古代ユダヤ暦（宗教暦）でも春分を年始にしている。これにしても、旧暦の立春とは一カ月半の違いがある。

話を白露に戻そう。日本の歌の世界では『万葉集』以来、白露は実際の露を意味し、「しらつゆ」と読まれてきた。これは大陸起源の白露《はくろ》に影響されて生まれた語ではあるが、先に述べたように、秋の透き通るような露を表現する日本的な感性も与っていただろう。

白露を詠んだ文屋朝康《ふんやのあさやす》の歌は「小倉百人一首」にも採られていて、よく知られている。

白露に風の吹きしく秋の野はつらぬきとめぬ玉ぞ散りける（後撰和歌集）

露がかかった秋の野では野分《のわき》（台風）の風が激しく吹きつけると緒《お》で貫き止めていない玉が飛び散るようだ、というのである。白露はしばしば玉（白玉・真珠）に見立てられた。文屋朝康が詠んだ白露の歌は『古今和歌集』にも採られている。

秋の野におく白露は玉なれやつらぬきかくる蜘蛛《くも》の糸すぢ

こちらは蜘蛛の糸に貫かれたように掛かった白露である。文屋朝康は平安時代前期の人で、その経歴ははっきりしないが、勅撰和歌集には合計三首の歌が採られている。そのうち二首が白露を詠っている。よほど白露に思い入れがあったのであろう。

白露や茨《いばら》の刺にひとつづつ

これは与謝蕪村《よさぶそん》が詠んだ発句《ほっく》である。文屋朝康が蜘蛛の糸に掛かった白露を詠んだのに対し、こちらは茨の鋭い刺先に一つずつ連なっている白露を詠んでいる。いかにも画家蕪村らしい繊細な描写である。

白露を実感するようになると、もう本格的な秋の到来である。この露も秋分を過ぎると寒露と呼ばれるようになり、さらに寒さがつのって露が氷結すると霜となって霜降を迎えることになる。その先はもう立冬である。

太陰暦と太陽暦（二十四節気）

太陰暦			太陽暦		
季節	月	異称	二十四節気	太陽暦相当月日	季節
春	1月	睦月《むつき》	立春《りっしゅん》	2月4日	冬
			雨水《うすい》	2月18日	
	2月	如月《きさらぎ》	啓蟄《けいちつ》	3月6日	春
			春分《しゅんぶん》	3月21日	
	3月	弥生《やよい》	清明《せいめい》	4月5日	
			穀雨《こくう》	4月21日	
夏	4月	卯月《うづき》	立夏《りっか》	5月6日	
			小満《しょうまん》	5月21日	
	5月	皐月《さつき》	芒種《ぼうしゅ》	6月5日	夏
			夏至《げし》	6月21日	
	6月	水無月《みなづき》	小暑《しょうしょ》	7月7日	
			大暑《たいしょ》	7月24日	
秋	7月	文月《ふみづき》	立秋《りっしゅう》	8月8日	
			処暑《しょしょ》	8月23日	
	8月	葉月《はづき》	白露《はくろ》	9月7日	秋
			秋分《しゅうぶん》	9月23日	
	9月	長月《ながつき》	寒露《かんろ》	10月8日	
			霜降《そうこう》	10月23日	
冬	10月	神無月《かみなづき》	立冬《りっとう》	11月8日	
			小雪《しょうせつ》	11月23日	
	11月	霜月《しもつき》	大雪《だいせつ》	12月8日	冬
			冬至《とうじ》	12月22日	
	12月	師走《しわす》	小寒《しょうかん》	1月6日	
			大寒《だいかん》	1月20日	

（年によって1日ずれることがあります）

月見

二〇一二年の「中秋の名月」は九月三〇日（旧暦八月一五日）だった。その日はあいにく台風一七号の襲来で月見どころでなかった人も多かっただろうが、こんなときには吉田兼好のようにうそぶいてみるのも悪くない。

花はさかりに月はくまなきをのみ見るものかは。雨にむかひて月をこひ、たれこめて春の行衛《ゆくへ》知らぬも、なほ哀《あはれ》に情《なさけ》ふかし。

（『徒然草』第一三七段）

ここには雲や蔀《しとみ》によって隠されたものを想像力でもって幽玄の美として幻視しようとする中世の美意識が濃厚だが、その背後には満月や満開の花を至高のものとする思想が隠れている。月見には、やはり隈なき月が欠かせない。和歌や連歌の世界では、花とだけ言って桜の花を指すように、月とだけ言えばそれだけで中秋の名月を指す。日本人は古来、飽くことなく中秋の名月を眺め、それを歌に詠んできたのである。月は年中見られるし、満月にしても天気さえ好ければ年に幾度となく目にできるはずなのだが、それでも中秋の夜空に輝く満月を見たいという気持ちは格別である。

三日月の頃より待ちし今宵かな（宗祇）

世が昭和から平成に変わった年、『万葉集』に「隠国《こもりく》の泊瀬《はっせ》」と詠われた桜井市初瀬《はせ》の山の中に古民家を手に入れ、二〇年ばかり、弓月庵と称して時おりの仕事場とした。そこは長谷寺の裏山から昇る月が素晴らしく、何をさておいても中秋の名月の日には出かけて行った。時にはひとり、時には親しい友や連歌仲間を呼んで月見をした。好天の時など、間近にネオンも街灯もないところで見る月は魂を吸い取られてしまうような美しさであった。

名月や池をめぐりて夜もすがら（芭蕉）

中秋の名月を鑑賞する風習は大陸からの影響で朝鮮半島や我が国にも及んだ。中国ではこの日を中秋節と呼び一家団欒《だんらん》して月餅《げっぺい》などの供物を捧げ月見をする。韓国などでもこの日を秋夕《チュソク》と称して家族が集まり収穫物を供えて月見をし、先祖供養や墓参を行なう。中秋節も秋夕も国家の祭日になっており、ことに韓国では旧正月と共に秋夕は三日連休となる重要な祭日である。我が国では中秋の名月の日に当たる旧暦八月一五日を祭日に指定していないが、この日には家族が集まり団子や薄《すすき》などを供えて月見をするのが一般的であった。

中秋の名月の日に家族が集まって秋の収穫物を供えるということは東アジアの各国に共通しており、これは豊作を感謝する祭りの一面をもっていたのだろう。日本の神話においても月の神である月読命《つくよみのみこと》は農耕神とされている。また、月には兎が住み、日・韓ではその兎が杵で餅を搗いていると言うし、中国では不老長寿の薬の材料を搗いているなどと言われる。

一方、韓国の秋夕では先祖供養が大事な行事となっているし、中国でも中秋節には先祖の位牌が飾られたりする。しかし、日本では月見のときに先祖供養をするという話は聞かない。そのかわり、中秋の名月の日に近い秋分の日が彼岸の中日で、その前後の三日を含めて先祖供養の墓参りがなされる。我が国では秋分の日が国民の祭日になっているが、中国や韓国ではこの日を休日にはしていないし、墓参りがされるわけでもない。ただし、暦の関係で中秋の名月と彼岸（秋分の日を挟んで七日間）はしばしば重なり合うことになるので、ややこしい。

我が国では六世紀から七世紀にかけて大陸の暦が導入されるが、それ以前には「春分・秋分のころの満月の日」をもって年の始めとしていたらしい。暦のない時代には、太陽が真東から昇り真西に沈む春分・秋分のころ、しかも満月の日となれば、その日が容易に特定できたからである。現在でも中東アジアには春分の日を一年の始まりとする国や民族が少なくないし、西洋のグレゴリオ暦に九月（September＝第七の月）から一二月（December＝第一〇の月）までの月の呼び名に三月を年の始めとする古い呼び名が残存しているのも、春分をもって年の始めとしていた名残であろう。

かつて我が国では「春分・秋分のころの満月の日」であるトシ（トシは稲の生育期間である六カ月を意味する言葉）の始めに、先祖の霊を迎えて新しい年霊《としだま》（玉）をいただく祭儀が行なわれた。それによって新しいトシの幸せを保証してもらったのである。これは現代でも正月における御年玉の風習として残っている。

しかし大陸から暦が導入されると、先祖の霊を供養するのは同じころに伝来した仏教の影響もあって春秋の彼岸会《ひがんえ》の行事とされ、新しい年を迎える行事は正月に行なわれることになった。しかも一二カ月を一年とする暦では、「秋分のころの満月の日」はトシの始めの祭儀としての本来の役目を失い、大陸伝来の月を鑑賞する行事と習合してしまったのである。これに対して、韓国の秋夕が月見と先祖供養を兼ねた行事であるのは、暦が伝来する以前の日韓に共通する古いかたちを残しているといえるだろう。

月見という行事は、単に月の美しさを鑑賞するだけでなく、日本人の精神的伝統を背負って中秋の名月を迎えるものである。だからこそ、肝心の月が雲に閉じ込められてしまうと吉田兼好のような心境にもなるし、また月の前をよぎる雲に心を惑わされもするのである。それが日本人の歌心をいたく刺激したことは疑えないであろう。

虫の声

二〇一八年の冬は異例の寒さだったが、それにも増して、その夏の暑さは過酷であった。熊谷市（埼玉県）では四一・一度の我が国観測史上の最高気温を記録したし、京都でも、七月には三八度を超える日が一週間も続き、八月の下旬になっても三五度を超える猛暑日が幾度も襲ってきた。比叡山中腹にある我が家でも例年にない暑さだったが、一日の最高気温が京都市内より数度低いこともあってか、お盆のころからツクツクホウシの声が聞こえるようになり、そのうち夜の庭からは虫の声も届くようになった。

夕闇の中にふと虫の声を聞いたりすると、昼間の暑さも忘れて「ああ、もう秋か」と思い、季節のひそやかな移り変わりを実感して、心が安らぐ。日本人は生々流転する自然の中にあって、それと共に生きることに深い安堵感を覚える。自然は征服する対象ではなく、親しむものなのである。その考えは私たちの日常語の中にも現れている。

日本語は動物の声や自然の音を擬声語・擬音語で表現する。雷はゴロゴロ鳴るし、小川はサラサラ流れる。犬はワンワン、鶯はホケキョウ、鈴虫はリンリンと鳴く。こうした擬声語・擬音語の多さも日本語には際立っている。日本人は心の奥底において自然も動物も人間とは別のものだと考えていないから、それらの音を人間の声のように聞いてしまうのである。

角田忠信『日本人と脳』によれば、人間の脳には音楽脳と呼ばれる右脳と言語脳と呼ばれる左脳があるが、音楽脳は音楽・機械音・雑音などを担当し、言語脳は言葉や計算などを処理するという。これは西洋人も日本人も同じだが、虫の音に関して言えば、西洋人は音楽脳で「雑音」として聞くのに対し、日本人は言語脳で「虫の声」として聞くという。こうしたことは、自然の音や動物の声についても言えるという。

日本人と同じような脳の働きはポリネシア人にしか見られず、近隣の中国人や韓国人も西洋人と同じ反応を示すという。さらに、西洋人でも日本語を母語として育つと日本人と同じように虫の声を聞き、逆に日本人でも西洋語を母語として育つと西洋人と同様に虫の声を雑音として聞いてしまうらしい。つまり、虫の声が聞こえるか否かは脳の構造にあるのではなく、自然と親和する中で日本人が身に付けた日本語に原因があるといえよう。

こうしたことを端的に詠われたのが明治天皇の御製である。

さまざまの虫のこゑにもしられけり生きとし生けるものの思ひは

日本人は、自然の中に生きとし生けるものの思いを汲み取ろうとする。それは風のさやぎや雨の音でも同じである。先に述べたように、日本語は自然の音まで言語化して捉え、擬声語・擬音語で表現するから、私たちはそれを言葉の一部として幼いころから習得してしまうのである。

ことに虫の声について言えば、戦前の文部省唱歌にも加えられていた「虫の声」

という作者不詳の伝承歌の影響も大きかったであろう。この歌は「あれ松虫が鳴いている　チンチロチンチロ　チンチロリン」に始まり、「リンリン」と鳴く鈴虫、「キリキリ」と鳴くキリギリス、「ガチャガチャ」と鳴くクツワ虫、「スイッチョン」と鳴くウマオイなどが登場する。この歌は明治四三年(一九一〇)の『尋常小学読本唱歌』に初めて掲載されている。以来、多くの日本人がこの歌詞によって秋の夜長に聞こえてくる虫の声を識別し、それに親しんできたのである。

ただし、昭和七年(一九三二)の改訂版では「キリキリ」と鳴く虫がキリギリスからコオロギに改められている。これは古語ではキリギリスがコオロギを指していたことから時代に合わせて改められたのである。

むざんやな甲《かぶと》の下のきりぎりす

この発句は『おくのほそ道』の紀行途上に、芭蕉が加賀国小松の多太《ただ》神社を参拝した折に詠んだものである。芭蕉が見た甲は、木曽から京へと向かう木曽義仲が篠原合戦で討ち取った平家方の老武者斉藤実盛のものであるが、その実盛は幼少の義仲を秘かに匿《かくま》ってくれた恩人であった。首実検でそのことを知った義仲が実盛供養のために多太神社に甲を奉納したという。芭蕉は『平家物語』に見える「篠原合戦」や謡曲「実盛」などで知られた故事をもとにして、先の発句を詠んだのである。なお、ここに見える「きりぎりす」はツヅレサセコオロギだという。

日本人には馴染みの深い虫の名だが、『万葉集』以来、その名は少なからず変遷してきている。万葉時代の鳴く虫は一括して「こおろぎ」と呼ばれた。

夕月夜心もしぬに白露の置くこの庭にこほろぎ鳴くも（湯原王）

「しぬに」は「しっとり濡れて」という意味である。このコオロギがどんな虫を指すかは定かでない。

さらに平安時代になると、松虫と鈴虫の名が現在とは逆になっていた。平安時代の末期に活躍した西行の歌集『山家集』には伏見を訪ねた折に鳴く虫を聞いて作った二〇首ほどの歌を載せている。そこにはキリギリス、クツワ虫、松虫、鈴虫などが詠まれていて、先に挙げた「虫の声」に出ている虫の名がほとんど見えている。

きりぎりす夜寒になるを告げ顔に枕のもとに來つつ鳴くせ（西行）

このキリギリスは何というコオロギであろうか。伝承歌「虫の声」で「キリキリ」と鳴いているのはカマドコオロギだという。そこで昭和七年には「きりきりきりきり　こおろぎや」と改められたのだが、これでは韻律が悪いと思ったのか、このコオロギを「コロコロ」と鳴くエンマコオロギと見なして、「コロコロコロコロ　こおろぎや」とする歌詞もいつしか流布するようになった。

ともあれ、次第に日が短くなるのを感じ、夜の草むらに虫の声を聞くようになると、暑かった夏も忘れて、心は秋へと傾斜していく。我が家の庭では今宵も虫の集《すだ》く声がにぎやかである。

紅葉

紅葉は日本人が愛好してやまない晩秋の景物で、万葉時代以来、飽きることなく歌われてきた。現代では、南から北へと上がっていく桜前線に対して北から南に降りて来る紅葉前線なるものがテレビの天気予報に登場するようになっているほどである。

草木が秋になって色づくことを古くは「もみづ」と言った。これは動詞で、その連用形を名詞化したものが「もみぢ」である。これを漢字表記すれば、「紅葉」「黄葉」となり、音は「こうよう」で同じだが、万葉時代にはもっぱら「黄葉」が「もみぢ」の表記として使われた。これは大陸から伝来した漢詩文の影響も少なからずあっただろう。

滋賀の大津宮に遷都した天智天皇が、臣下の者たちに「春山万花の艶《にほひ》」と「秋山千葉の彩《いろどり》」のどちらが優れているか漢詩を作らせて競わせたとき、額田王に歌をもって春秋の優劣を判別させた。その長歌の一節を挙げておこう（『万葉集』巻一）。

秋山の　木の葉を見ては
黄葉《もみぢ》をば　取りてぞしのぶ
青きをば　置きてぞなげく

秋山の木の葉を見ると、黄葉ならば手に取って愛しく思い、青葉であったならそのままにして色づいていないことを嘆くというのである。『万葉集』においては、「もみぢ」を「紅葉」と表記した例は一例しかない。しかし、平安時代以降になると、「もみぢ」の表記は「黄葉」ではなく「紅葉」に取って代わられる。

このような変化は他にもあった。『万葉集』の時代は、遣唐使を通して大陸文明を積極的に取り入れたから、舶来の花として貴族階級に愛玩された梅が数多く歌に詠まれていた。一方、我が国伝来の桜はそれほど詠まれていなかった。ところが『古今和歌集』の時代になると、桜が梅を圧倒して歌に詠まれるようになる。こうした変化に呼応して、平安時代前期の仁明天皇の時代には内裏《だいり》の紫宸殿《ししんでん》の前に植えられていた梅が桜（左近《さこん》の桜）に変えられている。

おそらく、『古今和歌集』が編纂されたころには日本人の伝統回帰が強くなっていたのであろう。それは漢詩《からうた》に対するものとして和歌《やまとうた》が強く意識された時代精神とも通底していたのである。

日本人は伝統的に「もみぢ」を紅葉と考えていたのであろう。これには、「赤」の範囲が広く、赤っぽい黄色から赤っぽい紫まで含むものであったこともあずかっていよう。また、「にほふ（匂ふ）」が「丹秀《にほ》ふ」の意で、「赤く色づく」「内から美しさがあふれ出る」ことを意味していたように、赤に特別な美感を見出していたこともあるだろう。

紅葉する樹木の代表と言えば、楓《かえで》がまず思い浮かぶ。我が家の庭にも植えてから三〇年以上になる楓が数本あるのだが、紅色の強いものもあれば、黄色の勝っているものもある。年によって、その色合いも変わる。にもかかわらず、楓が色づいたと言えば何となく「紅葉」をイメージしてしまう。

日本には鮮やかな黄色に色づくイチョウやブナのような樹木もあるが、奈良盆地や京都盆地など日本の古代精神を形作った近畿の内陸部では「竜田川の紅葉」「高雄の紅葉」など紅葉する楓が一般的であった。そのため紅葉と言えば楓であり、楓と言えば紅葉が顕著な樹木であったから、いつしか楓を「紅葉」と表記して「もみぢ（もみじ）」と呼ぶようになったのであろう。現代では「もみじ」を植物名だと勘違いしている人も少なくない。

紅葉《もみじ》狩りという場合、山野に出かけて紅葉を鑑賞することをいう。また草紅葉《くさもみじ》は秋になって色づいた草の葉をいう。いずれも特定の植物名を指す言葉ではない。

木の葉が紅葉するには、昼間に充分な日光を浴びて夜間に冷え込むことが不可欠である。葉には緑色の色素（クロロフィル）と黄色の色素（カロチノイド）が含まれているが、秋になって日差しが弱まると緑色の色素が分解され、黄色の色素が目立って黄葉する。さらに寒さが強まれば、葉の中に赤色の色素（アントシアニン）がつくられて紅葉することになる。晩秋に紅葉が多いのもそのためである。

近頃は温暖化の影響で紅葉がずいぶん遅くなっている。我が家の庭では一一月八日ごろの立冬を迎えるあたりから色づき始めるが、これは京都東山の山頂近くに住んでいるからで、京都市内の紅葉は一週間ほど遅くなる。例年ならば、一一月中旬に街路樹のイチョウが黄金色に色づき、そのあとから楓の紅葉が本格化する。

ところが、京都における紅葉の盛りは今や一一月下旬から一二月上旬になってしまった。立冬からひと月近くたってということになれば、旧暦では冬である。歳時記とは相当の齟齬をきたしていることになる。

伝統的な歳時記の世界では、紅葉は晩秋であり、その葉が木枯らしによって吹き落されると冬に移る。つまり、紅葉が樹木の枝にあるときはまだ秋だが、そこから紅葉が吹き落されると冬の景物になる。だから歳時記では、落葉、枯葉など、いずれも冬の季語とされている。

歌の世界における秋から冬への転換は紅葉から落葉への変化にあり、必ずしも暦(立冬)によって定められるものではない。おそらく我が国に暦が伝来する六世紀以前に、季節の変化に敏感であった我らの祖先が日常感覚で秋と冬を区別する指標であったのだろう。

温暖化のせいとは言え、一一月八日あたりが立冬というのは私たちの季節感に合わなくなっている。またクリスマスソングが聞こえてくる一二月になって紅葉狩りに出かけるというのも、しっくりこない。というよりも、私たちは暦と現実のはざまで繊細な季節感を失いつつあるのかもしれない。

鹿の声

秋の夜、自宅の書斎で書き物をしているときなどに「ひゅーう」という甲高《かん》い鹿の鳴き声を聞くことがある。雄鹿が雌鹿を呼んでいる求愛の声だが、どこか物悲しいような哀調を帯びていて、つい聞き惚れてしまう。

鹿と言えば、奈良公園や厳島神社の神鹿くらいしか身近に見たことはなかったが、一〇年ほど前から、筆者の住む山上の団地でもしばしば目にするようになった。つい先日も団地内の夜道を歩いていると、ほんの数メートル先に雄鹿が現れ、人の気配に臆することもなく、悠然と路傍の闇に消えていった。これまでも団地周辺の草地や公園でしばしば鹿の糞を見かけたものだが、鹿も次第に大胆になっているようで、家庭の菜園や芝生が食い荒らされる被害も増えている。

私が住む団地は、比叡山を頭にして「布団着て寝たる姿や」と呼ばれる東山連峰の、ちょうど首の辺りに拓かれているので、猿や猪もしばしば出没する。そればかりか、周辺を徘徊する熊を写真に撮った人さえいる。いずれも住民にとっては迷惑な害獣なのだが、そんな中でも、秋に鳴く鹿の声は何やら風情があって憎めない。これも、古代より歌の世界に伝承されてきた記憶の故であろうか。

鹿の声といえば、『万葉集』巻八に採られている歌が良く知られている。確か古典の教科書にも載っていたと覚えている。

夕されば小倉の山に鳴く鹿は今宵は鳴かず寝《い》ねにけらしも

この歌は「岡本天皇の御製歌」とされている。『万葉集』では天皇の御名は宮号で示されているので、飛鳥の地に岡本宮を営んだ天皇といえば舒明《じょめい》天皇（在位六二九～六四一）である。岡本宮のすぐ東には多武峰《とうのみね》から落ちてくる山が広がっている。そのあたりが「小倉の山」と呼ばれていたのであろう。秋になると、その間近な山から雌鹿を呼ぶ雄鹿の声が聞こえてくる。しかし、今宵は鳴き声が聞こえない、もう寝てしまったのだろうか、というのである。

この歌の「鳴く鹿は」の部分を「臥《ふ》す鹿は」としたものが『万葉集』巻九の冒頭に雄略天皇の御製歌として採られている。古代の人々に広く知られていた歌であり、秋の夜に聞こえる鹿の声は古代の人々の日常でもあったのであろう。

鹿の声を詠んだ歌では、三十六歌仙の一人に数えられている猿丸大夫の歌も有名である。

奥山に紅葉踏み分け鳴く鹿の声聞く時ぞ秋は悲しき

この歌は「小倉百人一首」に採られているので、知っている人も多いだろう。同じ歌が『古今和歌集』では「よみ人しらず」として採られている。猿丸大夫は平安時代前期の歌人であるが、伝説に満ちた人物で出自や没年もはっきりしない。

猿丸大夫の歌は、人里離れた「奥山」、物寂しい晩秋の「紅葉」、相手を求めて「鳴く鹿」を上句に集めて、そんな秋を、下句において「悲し」と強調するのである。『岩波古語辞典』によれば、「悲し」は「自分の力ではとても及ばないと感じる切なさ」とある。秋の寂しさだけはどうしようもない。ことに秋の鹿の声は独り身の雄鹿が雌鹿を求めて鳴いているのだから、哀調を帯びた声も加わって、そこに孤独感までがいや増してくる。

猿丸大夫が歌に詠んだのは、極め付きの秋の寂しさである。秋と鹿、鹿と紅葉の結びつきも、この歌によって固定されたと言ってもよかろう。江戸時代にできた花札の十点札では、秋を代表するものとして鹿と紅葉が描かれている。

歌の世界に定着した鹿の声が疎遠になった夫婦に縒《よ》りを取り戻させた話も、一〇世紀中ごろに作られた『大和物語』という歌物語に見えている。

大和の国に互いに思いあって長く暮らしていた男女がいたが、どうしたことか、男に新しい女ができ、しかもその女を家に連れてきて壁一枚を隔てて住まわせ、元の女の方には寄り付きもしなくなったという。元の女はつらくはあったが、妬みごとも言わずにいた。ところが、ある秋の夜、元の女がふと目を覚まして鹿の鳴く声を聞いていると、男が壁を隔てて「鹿の鳴くのを聞いておられるか」と問いかけて

きた。女が「聞いております」と返事をしたところ、「ならば、どのように聞かれましたか」と言うので、

我もしかなきてぞ人に恋ひられし今こそよそに声をのみきけ

と歌に詠んだ。男はその歌に大いに感じ入り、新しい女を送り返して、元の女と以前のように暮らしたという。

元の女が詠んだ歌は、初五の「しか」に「然《しか》（そのように）」と「鹿」を掛けている。私も以前にはあの鹿のように鳴いて恋い慕われたものでしたが、今は壁を隔ててあなたの声を聞いているばかりです、というのである。和歌の伝統の中で受け継がれてきた鹿の声に触発されて、元の女は自らの「悲し」を歌い上げた。男の方もその思いを理解できる人であったのだろう。

同じような話は平安時代末期に成立した『今昔物語集』にも見えているが、こちらは丹波の国の話となっている。それによると、新しい女は都から連れられて来た

らしい。ところが、その女は鹿の声に耳を傾け、そこに歌を紡ぐという教養を持ち合わせていなかったために、『大和物語』と同じ結果を迎えることになる。平安時代末期と言えば、まだ、恋において歌の力が絶大であったのだろう。

冬

しぐれ

「しぐれ」は美しい日本語の一つである。漢字表記では「時雨」とするのが一般的だが、『万葉集』などでは「四具礼」などと万葉仮名で表記されているから、やはり「しぐれ」と仮名で表記するのがゆかしいであろう。

手許にある『俳句歳時記』によれば、しぐれは冬の季語として採録されている。少なくとも俳句においては、夏の代表的な雨が夕立であるのに対し、しぐれは冬を代表する雨であると言ってよかろう。しかし、和歌の世界ではいささか様子が違っている。

『万葉集』巻一〇には次のような歌が見えている。

夕されば雁の越えゆく竜田山しぐれに競《きほ》ひ色づきにけり（作者未詳）

これは「秋の雑歌」として採られた歌で、夕方になって雁の越えていく竜田山の紅葉がしぐれの中で競うように色づいていくさまを詠っている。雁も色づき（紅葉）も共に秋の景物だから、当然しぐれも秋のものとして捉えられている。

一方、『古今和歌集』巻一六には次のような歌も見えている。

神な月しぐれにぬるるもみぢばはただわび人のたもとなりけり

（凡河内躬恒《おおしこうちのみつね》）

凡河内躬恒は三十六歌仙の一人にも数えられている平安時代の歌人である。この歌は「哀傷歌」として採られており、「神な月」のしぐれに濡れる紅葉葉は、そのまま嘆き悲しんでいる私の涙であるというのである。「神な月」は旧暦一〇月の異名だから冬、ここでは「しぐれ」も「もみぢば」も冬の景物として捉えられていることになる。こうして見ると、しぐれは冬のものなのか秋のものなのか、微妙になってくる。

旧暦一〇月には神無《かみな》月の他に時雨月の異名もある。しぐれは初冬にあたる旧暦一〇月に降る雨と観念されていたのである。俳聖と呼ばれた松尾芭蕉の忌日は元禄七年一〇月一二日（新暦に換算すれば一六九四年一一月二八日）であるところから、芭蕉忌が「しぐれ忌」と呼ばれている。

太陰太陽暦である旧暦は、約二九・五日で完結する月の満ち欠けで月日を決めているから一年はおよそ三五四日となり、太陽暦の一年三六五日よりも一一日ほど少なくなってしまうので、それを一九年に七回の閏《うるう》月を入れることによって調節している。たとえば二〇一四年は、九月が閏月を加えて二回繰り返されている。ために太陽暦に基づく二十四節気の一つである立冬は、年によって、晩秋にあたる旧暦九月から初冬にあたる旧暦一〇月の間を移動することになる。ややこしい話になったが、旧暦は太陰暦と太陽暦を張り合わせたようなものだから、暦の上での冬（一〇月～一二月）と季節の上での冬（立冬～大寒）の始まりが往々にしてずれてしまうのである。

それればかりではない。実際の天候は、冬の始まり、紅葉の色づきもその年によって微妙に変わる。近年の京都では一二月になっても紅葉の鮮やかに残っていることがしばしばである。現実は暦通りに進まないのである。

筆者が愛用している国語辞典の『言泉』は「しぐれ」について「晩秋から初冬にかけての、降ったりやんだりする小雨」と簡潔に説明している。大陸からの季節風が日本海を渡って来るとき列島を貫く脊梁《せきりょう》山脈に当たって大量の雪や雨を降らせるのだが、勢いの余った筋状の雲は山を越えてなお雪や雨をはらはらと散らせていく。寒気が強ければ雪になるが、少し寒さが和らげばしぐれになる。

北に広がる山々がさほど高くない京都などでは、晩秋から初冬にかけてしぐれをしばしば経験する。降ったかと思えば止み、止んだかと思えば不意をついてまたはらはらと落ちてくる。本格的な冬が間近に迫っていることを告げてくれる冷たい雨である。

典型的なしぐれは、山陰や北陸の多雪地帯に隣接する京都や滋賀、あるいは岐阜や長野などでよく見られ、通り雨やにわか雨の類ではあるが、季節が限られていること、降ったり止んだりする小降りの雨であることに特色がある。一八歳まで四国の瀬戸内海地方に住んでいた私は、しぐれという言葉を小説や詩歌などで目にしたことはあっても、今一つ実感できなかった。しかし、京都に初めて住んだ年の初冬、鴨川に架かる荒神橋の上で北山を越えて広がってきた雲から不意をついて落ちてくるしぐれを体験したときは、「ああ、これがしぐれか」と感動的ですらあった。

しぐれは、降る季節も降る様も微妙な、日本的な雨といえる。だからこそ和歌の世界でも早くから注目され、多くの歌人に詠われてきた。その文学的伝統を受け継いだ連歌や俳諧の世界において、しぐれは文学的な約束事として初冬の代表的な景物に固定されるに至ったのである。

山城へ井出《ゐで》の駕籠《かご》かるしぐれ哉（松尾芭蕉）

井出（井手）は奈良から京へ向かう途中にあり、「井手の玉水」や「井手の山吹」などの歌枕で知られている。その井手に立ち寄った芭蕉が、急に降り出したしぐれを避けて駕籠を頼んだのである。この場合、ただ「しぐれ」とだけ表記されているので冬のしぐれとなるが、次々に句を付けていく連歌・俳諧ならば、後の句に晩秋の情景が詠まれると晩秋のしぐれとなる。連歌・俳諧にはこうした柔軟性もあったのである。

しかし、明治中期に正岡子規が連歌・俳諧の発句を独立させて、これを俳句と称し、五・七・五の最短詩としたことによって、しぐれは冬の季語になり、季節的なゆらぎは狭められてしまった。だから晩秋のしぐれを俳句で表現しようとすれば、「秋しぐれ」という新たな季語が欠かせなくなったのである。

雪

冬を代表する季語と言えば雪であろう。

川端康成は一九六八年（昭和四三年）のノーベル文学賞授賞式において、「美しき日本の私」と題した受賞記念講演を行ない、その中で日本の美しさを象徴するものとして「雪月花」を挙げている。和歌や連歌・俳諧の世界では、ただ「花」とだけ言えば春の桜を指し、「月」とだけ言えば中秋の名月を指すことになっており、いずれも春秋の美の象徴として知られているが、それをさし措いて冬の「雪」を句頭に置いているのは語調のためばかりではあるまい。雪は月花に劣らぬ日本美の象徴なのである。それを知って、当時大学生だった私は秘かに感動した覚えがある。

すでに述べたように桜は稲作と深い関係がある。桜の開花は稲作作業の始まりを告げるものであり、花見は田の神が山から里に下りてきたことを祝う神事でもあった。また稲作の期間である春耕から秋収までの六カ月間を「トシ」と呼んで、旧暦（大陸伝来の太陰太陽暦）以前に存在したと思われる春秋暦の元になっていたらしいことは、「魏志倭人伝」からも窺える（詳細は「花見」を参照）。

月が月日を数える基準になっていたことは言うまでもあるまい。ことに春秋の彼岸のころの満月の日は春秋暦の「トシ」の始まりだから、月に対する思いは並大抵ではなかっただろう。月見は、大陸から伝来した中秋の名月を鑑賞する行事の影響もあっただろうが、「トシ」の始めは先祖の霊を迎え、年玉をいただいてその「トシ」の幸福を祈る日でもあったから、ただ名月を鑑賞しようというばかりではなかったはずだ（詳細は「月見」を参照）。

花と月が稲作や「トシ」の始めの行事と深く関係していて、それが古代から近世に至る和歌や連歌・俳諧の時代に日本人の美的象徴にまで高められたのだが、それではなぜ雪が花や月と並び称されるようになったのだろうか。

私は瀬戸内海に面した香川県に生まれ、一八まで過ごした。香川の平野部は冬でも滅多に雪が降らない。時にちらほら降ることがあっても、中学校を卒業するまで一面の積雪を体験したことがない。小学校のとき一時的に雪が強く降り、グラウンドがうっすら白くなったときは皆の目が窓外に釘付けになり、授業にならないので、先生の特別の計らいで外に出ても良いとなったことがあったが、その時でさえグラウンドが斑《まだら》に白くなっただけで雪は降り止んでしまった。

香川県の南には徳島県との県境となっている標高千メートルほどの阿讃山脈があり、冬になれば稜線付近は白く雪に覆われる。私が眺めていたのは山脈の北側の雪なので、三月ごろまで残ることもしばしばであった。その白い雪を踏み締めたいというのが、高校に入学して真っ先に山岳部に入った理由だった。二千メートル近い四国山地の冬山登山では激しい吹雪や深い雪のラッセルも体験した。白銀の世界は確かに感動ものであった。

だが、雪の本当の素晴らしさは、それまでそこにあった世界を一変させてしまうところにある。慣れ親しんだ風景が全く異質の世界に変貌する。雑多な色の世界が純白に染まるのである。そこには魂の新鮮な驚きと浄化がある。

それを実感したのは京都に来てからである。京都は冬になると何度か積雪がある。

大雪になることは滅多にないが、五センチ十センチと積もることは珍しくない。そんな朝、くすんだ京の街が華やかに雪の白さで荘厳され、神社の赤い鳥居が神の印《いん》璽《じ》のように銀世界の中で際立つのである。

雪が花の華麗さや月の荘厳さと並んで日本美の象徴に加えられたのは、それまでの風景を一変させ、見るものの魂を浄化するところにこそあったといえよう。しかし、雪がそのように高い評価を受けるには、日本の季語が和歌・連歌・俳諧にはぐくまれ、それが京都において発展した影響も見逃せない。北陸や東北といった豪雪地帯ならその冬初めての積雪は長い雪との闘いを想っていささか暗鬱にもなるだろうし、ほとんど雪を見ない温暖な地方なら、私がそうであったように世界を一変させる雪の魅力を知ることもなかったであろう。

雪は冬を代表する景物だが、季語の世界における冬の始まりは霜が降り、立冬が来て、色づいた木の葉が枯れ、木枯しが吹き、それが落葉すると確実な冬の季節の到来になる。その頃には初雪も舞うようになる。近頃は温暖化のために立冬（一一月八日ごろ）が過ぎてもまだ楓《かえで》の紅葉は浅く、一二月になってもなお紅葉の盛りが続いているというありさまだが、それでも初雪を見ると否応もなく冬を実感させられる。

しかし、雪は冬ばかりとは限らない。旧暦の年の始めは新暦のそれよりも一カ月ほど遅く、立春も二月四日ごろとなっていたから、日本の新年・立春のころは雪が最も多く降るころに当たっていた。『万葉集』の最後尾を飾る大伴家持《やかもち》の新春を寿《ことほ》ぐ歌にも雪が欠かせなかった。

新しき年のはじめの初春の今日降る雪のいや重《し》け吉事《よごと》

新年の正月一日と立春がたまたま重なった天平宝字三年（七五九）正月一日に詠まれた歌で、最後に加えられた「いや重け吉事」は「さらに良い事が重なりますように」という新年の祈りである。ここでは暦の正月一日と立春が重なるというめでたさに加えて、豊作の吉兆と考えられていた元日の雪を寿いでいるのであろう。ただし、ここでの雪は冬ではなく春のものとなる。

田児の浦ゆ打出でて見れば真白にぞ不尽《ふじ》の高嶺《たかね》に雪はふりける

日本を象徴する富士山に、一年中ほとんど消えることのない真白な雪をあしらって、その荘厳さをいっそう際立たせた山部赤人《やまべのあかひと》の歌である。富士山の荘厳さは、その仰ぎ見る高さ以上に、雪などあるはずの無い季節に真白な雪に覆われていることによって、いや増すのである。

クリスマス

師走《しわす》の声を聞くと何やら気忙《きぜわ》しくなる。その気分をことさら掻き立てるのは、ジングルベルのリズムに乗ってやってくる歳末セールで、クリスマス・イブにはそれが最高潮に達する。サンタクロースがあちこちで呼び込みの声をからし、ケーキ屋の前は行列ができる。キリスト教国である欧米ではクリスマスセールが消費の最大イベントになっているが、キリスト教徒の少ない日本でも事情は変わらない。

クリスマスはイエス・キリストの降誕を祝う祭りである。教会暦の一日は日没から次の日没までなので一二月二五日は二四日の日没から二五日の日没までとなり、二四日のクリスマス・イブはまさしく聖夜である。その前の四週間ほど、断食や悔い改めをしてキリストの降誕を迎える準備期間（降誕節・待降節）がある。キリスト教徒にとって、クリスマスは復活祭に次ぐ重要な宗教儀式と言える。

そのクリスマスが日本において伝統的な盆や正月の行事にも匹敵するほど盛大な行事になり、子どもたちがその日を待ちわびるようになったのは、何と言ってもサンタクロースの存在が大きい。

サンタクロースは、四世紀ごろ東ローマ帝国の小アジア地方のミラの司教ニコラウスが煙突から金貨を投げ入れて落ちぶれた家の娘を救ったという伝説から、聖《セント》ニコラウスと呼ばれ、それがのちに新大陸のアメリカにおいてサンタクロースと発音されるようになったという。このサンタクロースがクリスマスの夜に赤い服を着てトナカイの引くソリに乗り子どもたちに贈り物を届けるという定番の姿になるのは、一九世紀のアメリカにおいてのことで、それが文明開化を急ぐ日本にも伝わったのである。

キリスト教という宗教基盤のない日本でクリスマスやサンタクロースが受け入れられたのは、師走の二五日という日が歳末セールに絶好の日であったことから、目ざとい商人たちがクリスマスから宗教色を抜いてハイカラな行事に仕立て上げたということも大いに与っていただろう。また、クリスマスが都会で受け入れられ始めたころ、一九二六年一二月二五日に大正天皇が崩御され、その翌年から一九四七年まで大正天皇祭として休日になったことも、クリスマスの日を日本人に強く印象付けたであろう。しかし、それだけでは今日のクリスマスの盛行を説明できない。

クリスマスの一二月二五日というのは冬至(一二月二二日ごろ)に近い。イエス・キリストがこの日に誕生したかどうかは諸説あるが、おそらく、一年のうちで日が最も短くなるころ一陽来復を願って催される冬至祭と重ね合わされたのであろう。サンタクロースのトレードマークになっている赤いコートは甦《よみがえ》った太陽の象徴と考えられる。サンタクロースが雪と氷の国から空を駆けてやってくるとイメージされるのも、それが復活した太陽だからであろう。

トナカイの引くソリに乗って贈り物を届けてくれるサンタクロースのイメージは、われわれ日本人には宝船に乗って福を運んでくる七福神を想わせる。大きな袋をもっているところなど、大黒《だいこく》様にそっくりである。サンタクロースの長い白髭は明らかに老人であることを示しており、我が国なら翁ということになるが、これは年の初めにやってきて家族に年玉を与えてくれる歳神様(祖霊)を想わせる。クリスマスにはクリスマス・ツリーが欠かせないが、そのモミの木は歳神様を迎えるための依代《よりしろ》である正月の松飾りを彷彿とさせる。モミも松も常緑樹で共通している。サンタクロースには昔から日本人が慣れ親しんできた神様と重なるところが少なくないのである。

サンタクロースはキリスト教の聖人伝説のみならず各地の土着伝承をも吸収し、近代の商業主義による巧みな演出もあって現在の形に定着したのだが、そこには我が国の新年行事に通底するものが少なくない。だからこそ、近代の日本人は抵抗感もなくクリスマスやサンタクロースを受け入れたのである。クリスマスは今や日本に欠かせぬ年中行事となっており、俳句の冬の季語としても定着している。

東《ひんがし》の星の光やクリスマス（日野草城）

日本人が異国の神を自らに幸福をもたらしてくれる神として崇拝することは、珍しくない。先に挙げた七福神にしても、大黒天《だいこくてん》・毘沙門天《びしゃもんてん》・弁才天《べんざいてん》は仏教の守護神としてやってきたインドのヒンズー教の神々であり、布袋《ほてい》は中国の仏僧、福禄寿《ふくろくじゅ》・寿老人《じゅろうじん》も中国の道教の神仙である。七福神の中で日本古来の神と言えば、漢字の音が同じところから大黒天と習合した出雲の大国主《おおくにぬし》と、海人《あま》族の神であった恵比須《えびす》だけである。

一神教のイスラム教やキリスト教の国では考えられないことだが、日本人は幸せをもたらしてくれる神ならその出自を問わない。もともと八百万《やおよろず》の神々の国である。そこにサンタクロースが加わって何の不都合があろうか。何百年か後には、サンタクロースを加えた八福神が現れてもおかしくはない国柄である。

かぎろひ

タイトルの「かぎろひ」は歴史的仮名遣いによる表記で、現代仮名遣いなら「かぎろい」となる。「かぎろひ」については、現代でも「かぎろひを観る会」「かぎろひ忌」のように歴史的仮名遣いで表記されているので、あえてそれに拠った。「かぎろひ」は『万葉集』の時代にまで遡る古い言葉であるが、日常用語としてはほとんど使われていない。

「かぎろひ」は「かぎろふ」の連用形を名詞に転用したもので、「羽織る」が「羽織り」として名詞化されるのと同じである。「かぎろふ」は陽炎（かげろう）と同根の言葉で、大気や光がゆらゆらと揺らめくさまを指すのであろう。この「かぎろひ」を今日まで永らえさせたのは『万葉集』巻一に見える柿本人麿の短歌であった。

東《ひむかし》の野に炎《かぎろひ》の立つ見えてかへり見すれば月傾きぬ

原文の表記では「かぎろひ」を「炎」としており、『万葉集』巻二の長歌では同じものが「香切火」とされている。「かぎろひ」は、冬の寒さが厳しいころ、良く晴れた東の空が太陽の昇る前に明るく輝き始める曙光を指しているのだが、「炎」「香切火」という表記には「かぎろひ」の「ひ」に「火」をイメージしていたことがうかがえる。

人麿の歌は、「軽皇子《かるのみこ》の安騎《あき》野に宿りましし時」と詞書《ことばがき》を付して「やすみししわご大王　高照らす　日の皇子」に始まる長歌のあとに短歌四首が採録されている、そのうちの一首である。日の出前の東の空を染めた「かぎろひ」と西の空に懸かる月を詠んだ雄渾な歌だが、その詠まれた状況を勘案すると日月に重ねた人麿の深い思いが浮かび上がってくる。

歌が詠まれた阿騎野（奈良県宇陀市）は、飛鳥の東に山を越えて広がる高原地帯で、その南は吉野の山々に連なる。ここは六七二年六月、吉野で挙兵した大海人皇子《おおしあまの》が妻子とわずかな舎人《とねり》を引き連れて東国へ向かう途中に通過した地であった。この壬申の乱で近江朝軍を打ち破って奇跡的な勝利を収めた大海人皇子は、飛鳥で即位して天武天皇となり、天智天皇の理想を引き継いで中央集権国家の樹立を目指した。

しかし、六八六年に天武天皇が崩御し、後を継ぐはずであった草壁《くさかべの》皇子は父帝の三年の喪が明けぬうちに二八歳で薨去《こうきょ》してしまう。この皇統の危機にあたって、母である皇后が持統天皇として即位し、草壁皇子にとっては子、持統天皇にとっては孫にあたる七歳の軽皇子の即位を目指すのである。歌が詠われた時期は定かではないが、詞書や歌から推測すると、持統天皇在位中、おそらく草壁皇子の喪が明け、軽皇子が一〇歳になっていたころの冬であろう。

阿騎野は推古天皇一九年（六一一）に皇族・廷臣が華麗に着飾って華々しく薬猟を催した菟田野《うだの》に近い。宇陀の高原地帯は皇室の御料場になっていたと思われ、阿騎野からはそれらしい建物遺構も出土している。

先に触れた長歌・短歌において、人麿は次代の天皇と目されていた草壁皇子に従って阿騎野で狩りをしたときの記憶を頻《しき》りに懐かしみ、西に沈みゆく月を草壁皇子に、今まさに東から昇ろうとする太陽を軽皇子に重ね合わせて「東の野に炎の立つ見えて」と詠んだのである。眼前の風景に雄渾な天体の運行を重ねただけでなく、波乱万丈の歴史をも映して、自らが仕える軽皇子の輝かしい未来を寿《ことほ》いだことになる。

人麿の歌から千年以上も後に同じように日月を詠ったものに、与謝蕪村の発句がある。

菜の花や月は東に日は西に

ここでは歴史や時代は見事に捨象され、日月の位置は反転され、明け方は夕方に、厳しい冬も春に変えられて耽美的な風景が詠まれているが、この蕪村の句は、あるいは人麿の歌を俤《おもかげ》に置いていたかもしれない。人麿の歌は近代になっても斉藤茂吉をはじめ多くの文人に影響を与えた。おかげで「かぎろひ」という言葉も人々の記憶に残ったと言えよう。

人麿の歌を顕彰して、今、宇陀市阿騎野には「かぎろひの丘　万葉公園」が整備され、毎年、旧暦の一一月一七日の未明に「かぎろひを観る会」が催されている。一七日に催されているのは、太陽が昇る一時間ほど前に西の空に有明の月が残っているころだからであろう。「かぎろひの丘」の真東には元旦の旭日を迎える行事で名高い伊勢二見浦《ふたみがうら》があり、西には飛鳥がある。

よほど気候条件が整わないと「かぎろひ」を目にするのは難しい。筆者は宇陀に近い長谷《はせ》寺の裏山に二〇年ほど仕事場を構えていたことがあり、厳冬期の良く晴れた朝には「かぎろひ」を見ようと未明のうちから何度も東の空を眺めたものだが、これぞ「かぎろひ」と言えるような光のページェントは、たった一度しか出会うことができなかった。赤から黄色、白へと微妙に変貌していく「かぎろひ」を初めて目にしたときは、万葉時代と交感するのを覚えて寒気の中に声もなく立ち尽くした。今一度、人麿が見た「かぎろひ」を阿騎野で見てみたいものである。

建国記念日

二月一一日は建国記念の日である。二月と言えば新暦（太陽暦）ではまだ冬のうちだが、旧暦（太陰太陽暦）の二十四節気ではすでに立春（二月四日ごろ）も過ぎていることから、俳句の歳時記などでは建国記念の日を春の季語としている。

雪降ってうつくしき夜の建国日（奥田節子）

建国記念の日の前後はしばしば大雪に見舞われる。この俳句も五・七までは冬だが、「建国日」の一語によって春の句とされているのである。「建国日」という表現は、「建国記念日」「建国記念の日」だと八音、九音となって五・七・五という俳句の音数にうまく収まりきらないので、五音に縮約したものである。

この建国記念日からほぼ六カ月後の八月一五日にやってくる終戦記念日（戦没者を追悼し平和を祈念する日）は季語として秋に分類されているが、これも日常感覚としてはしっくりこない。映画やテレビでよく目にする八月一五日正午の終戦を告げる玉音放送の場面は、空の雲、蝉の声、人々の服装など、いずれも真夏の風物である。何よりも八月一五日と言えば夏休みの真っ最中である。しかし、旧暦の立秋（八月八日ごろ）はすでに過ぎているので、新暦の季節感を無視して、終戦記念日を秋の季語としているのである。同じ日の行事である盆も秋の季語になっている。

建国記念日や終戦記念日は、新暦が国民の皮膚感覚になっていた第二次世界大戦後に制定されたものである。こうした近代になって生まれた季語は新暦に拠って考えた方が合理的だと思うが、流布している歳時記では明治五年に廃止された旧暦にむりやり季節感を合わそうとするのだから、戸惑う人も多かろう。これは五七五の一七音のみで自立した表現を目指した近代俳句の宿痾《しゅくあ》と言ってもよかろう。

それにしても、建国記念日なるものにはどうにもしっくり来ないところがある。日本のように建国以来二千年近い歴史をもつ国では、その起源はともかく、建国の月日まで記憶あるいは記録されていたとは思われないからである。

世界の国々の建国記念日を見渡しても、その多くは二〇世紀になって革命や植民地からの解放などによって建国宣言をした新しい国である。四千年の歴史を誇る中国にしても、建国記念日にあたる国慶節は一九四九年一〇月一日に毛沢東が天安門広場において中華人民共和国の成立を宣言したことによるもので、たかだか七〇年ほど前に建国された新興国に過ぎない。アメリカで建国記念日にあたる独立記念日はイギリスからの独立宣言をした一七七六年七月四日であるが、その祖国であったイギリスにはそもそも建国記念日なるものがない。

日本の建国記念日が定められたのは高度成長時代の昭和四一年（一九六六）のことで、その日を二月一一日としたのは昭和二三年に廃された紀元節に拠っている。紀元節は、神武天皇が橿原宮で即位した皇紀元年（BC六六〇）の「春正月朔《ついたち》」（一月一日）を祝う祭日として明治五年に定められた。しかし、この年、旧暦（天保暦）一二月三日を新暦（グレゴリオ暦）の明治六年一月一日に改める改暦が行なわれている。そのため、当初は旧暦の一月一日を新暦に換算した一月二九日を紀元節としていたが、翌年には、日本に到来した最古の暦である元嘉暦《げんかれき》に拠って二月一一日に改められている。

西洋文明の導入に邁進しながらも、明治政府は日本の独自性を宣揚して和魂洋才を掲げ、西紀（キリスト紀元）に対して我が国独特の皇紀（神武紀元）を打ち出し、明治六年（一八七三）を皇紀二五三三年と定めた。

しかし神武天皇即位を起源とする皇紀元年は、讖緯説《しんい》によって紀元前六六〇年の辛酉《しんゆう》の年とされ、八百年ほど時代を古くするためにさまざまな虚構が加えられており（高城修三『紀年を解読する』参照）、とても歴史的事実として肯定するわけにはいかない。年代ばかりではない。正確な太陰太陽暦のなかった時代にどうやって「春正月朔」が分かったのか、はなはだ心もとないのである。

少しややこしい話になるが、第二次大戦後に小川清彦などの研究によって明らかになったところでは、『日本書紀』においては初代神武天皇から第二〇代安康天皇までは儀鳳暦《ぎほう》（唐の李淳風《りじゅんぷう》がつくり六六五年施行）が使われ、第二一代雄略天皇以降は元嘉暦（宋の何承天《かしょうてん》がつくり四四五年施行）が使われているという。持統天皇四年（六九〇）

以降は、百済《くだら》経由で我が国に伝わっていた元嘉暦と新しく唐より伝来した儀鳳暦が併用されるようになり、文武天皇元年（六九七）以降は儀鳳暦が単独で用いられた。

こうして見ると、神武天皇が辛酉年（BC六六〇）の「春正月朔」に即位したというのは、儀鳳暦が唐において六六五年に施行され、その後日本に伝来した時点から千三百年以上も前の出来事だから、即位当時には存在していなかった儀鳳暦に拠って定められたということになるので、何ら根拠のないものと言わざるを得ない。おそらく養老四年（七二〇）に『日本書紀』が編纂されたとき、当時使われていた最新の儀鳳暦を用いて神武天皇の事績に年月日を施したのであろう。

先に触れたように、明治六年に紀元節を一月二九日から二月一一日に改めたのは、我が国に到来した最も古い太陰太陽暦である元嘉暦に拠って推算し直した結果である。だが、その元嘉暦にしてから、筆者が二世紀前半と推定している神武東征の時期から三百年も後にできた暦なのだから、何をかいわんやである。

人の世になりても久し紀元節（正岡子規）

人の世とは神武天皇以来の時代をいう。正岡子規の俳句には西紀よりも古い皇紀が厳然としてあった時代の精神が読み取れるのだが、西暦（太陽暦）と西紀（キリスト紀元）が身に染みついてしまっている今日の日本人には、その季節感と共にしっくりこないものになっている。

御綱祭

まだ寒気の厳しい二月中旬、大和盆地の一隅で催される御綱祭《おつな》は、天下の奇祭である。最近でこそインターネット上に取り上げられているが、季語として歳時記に掲載されるほどの認知度もないようなので、少し説明しておこう。

卑弥呼の墓の有力候補である奈良県桜井市の箸墓《はしはか》から西に一キロほど行ったところに、大和川を挟んで、江包《えっつみ》に素盞鳴《すさのお》神社、大西に市杵島《いちきしま》神社がある。箸墓のみならず、秀麗な三輪山も間近に望める田園地帯である。御綱祭は、この地区の五穀豊穣と子孫繁栄を祈願して二月一一日に行なわれる。この祭日はかつて旧暦一月一〇日であったが、改暦後は新暦の二月一〇日、さらに一九七〇年ごろから二月一一日の建国記念の日に改められたという。

祭礼二日前の九日に、江包のもう一つの氏神である春日神社に地区の氏子全員が参加して、稲藁で男綱が作られる。長さ百メートルもの大注連縄《しめなわ》で、頭部は直径二メートルにもなり、巨大な蛇を想わせる。これは男性の象徴でもある。

一方、大西では翌日の一〇日に市杵島神社（祭神は市杵島姫、素盞嗚神の娘にあたる）にある摂社御綱神社（祭神は須勢理《すせり》姫、同じく素盞嗚神の娘で大国主神の妻）の御綱堂で女綱が作られる。こちらは頭部が舟形（女性の象徴）で、男綱の頭部がすっぽり収まる大きさになっていて、これに百メートルほどの大注連縄が尾のようについている。

祭礼当日には氏子総出で男綱と女綱が素盞嗚神社に運ばれ、社前で「入船《いりふね》の儀」が行なわれる。これは大きな榎《えのき》に掛けた女綱の舟形に男綱の頭部を合体させ、一年の五穀豊穣と子孫繁栄を願うものである。一見して性的行為を儀式化したものと分かるが、昼間、地区の老若男女が大笑いしながら囃し立てるさまは、あけっぴろげで、卑猥な感じは少しも受けない。

伝承によれば、大和川はしばしば氾濫したが、あるとき、上流に当たる三輪の地に祀られていた素盞嗚神と稲田姫《いなだひめ》が洪水で流されてきたという。前者は江包の人たちによって、後者は大西の人たちによって救われ、それぞれの地に祀られた。この両神を正月に結婚させることにしたのが、御綱祭であるという。

素盞嗚神は乱暴狼藉をとがめられて高天原《たかまがはら》を追放され、出雲国に降る。その地で暴虐なふるまいをしていた八股大蛇《やまたのおろち》（洪水など自然災害の象徴）を退治し、人身御供《ひとみごくう》となるはずだった稲田姫（稲田の象徴）を助ける。素盞嗚神は稲田姫と共に住むべき地を探し、宮を造ることになる。両者の聖なる結婚のためであろう。

八雲たつ出雲八重垣妻籠《つまご》みに八重垣作るその八重垣を

これは宮の完成を寿《ことほ》いで素盞嗚神が詠んだ歌とされている。「八雲たつ」は出雲にかかる枕詞。縁起のよい八の字を重ね、八重垣を強調することによって宮の荘厳さを表わそうとしたのである。

御綱祭を残す江包、大西地区は、我が国最初の統一国家の都とされる纏向《まきむく》遺跡に隣接している。三輪山を間近に仰ぐ纏向遺跡のあたりは、四世紀ごろには皇室の直轄地である「大和の屯田《みた》」となるが、その管理者は「出雲臣《いづものおみ》の祖淤宇宿禰《おうのすくね》」と伝えられているし、平安時代には出雲荘が営まれたところでもある。また大和川を少しのぼった初瀬《はせ》には出雲の地名が残っており、ここには我が国の相撲の祖とされている「出雲の野見宿禰《のみのすくね》」の墓と称する古墳（現在は痕跡のみ）や宿禰を供養する古い五輪塔も残されている。

出雲との関連ばかりではない。三輪山はその山容から大蛇がとぐろを巻いた姿だと地元の人たちに信じられており、三輪山の神が蛇であることは『古事記』や『日本書紀』にも明記されている。さらに、三輪山の西麓にある大神《おおみわ》神社は古来より酒にゆかりのある神社としても知られている。素盞嗚神が八股大蛇を酒で酔っ払わせて退治するのも、こうしたことと無関係とは言えまい。また、三輪山周辺や大和川上流には素盞嗚神社が数多く存在していることも注目に値しよう。

思い切って言えば、オロチ伝説の源郷は出雲ではなく大和の三輪山付近であったのではなかろうか。オロチ退治は出雲でなされたことになっているが、これは『古事記』『日本書紀』がまとめられる七世紀末から八世紀初頭にかけて、出雲と大和を神話の世界で結びつけるために、先に挙げた八雲立つの歌を巧妙に使って創作されたのではないかと思われる。というのも、八世紀半ばに編纂された『出雲国風土記』にはオロチ退治の話がどこにも見えないからである。

我が国では古くからの民俗行事として綱引きや竹切り会《え》などが行なわれてきた（綱や竹は大蛇の象徴）。こうした行事は、一年の吉凶を占い、五穀豊穣を願うものであった。それが、三輪山に近い田園地帯では稲田姫と素盞嗚神の結婚という分かりやすい祭事に進化して行ったのだろう。

御綱祭を初めて観たのは、もう三〇年ほど前のことになる。昭和が平成に変わった年に長谷寺の裏山にある古い民家を仕事場とし、古代史の世界にのめりこんでいたころである。卑弥呼の墓とされる箸墓や纏向遺跡には、何度足を運んだか分からない。そうした折、光はすでに春を感じさせるが、大和盆地がまだ強い寒気に覆われていたころ、江包の素盞嗚神社を訪ねて、御綱祭に遭遇したのだった。当時は地区の人たちだけの祭りで、巨大な注連縄で男女の象徴をつくり、白昼に性の儀式をするというのは天下の奇祭に相違なかったが、素朴な伝統の祭事を感じさせた。

だだ押し

巻向山の中腹にある古民家を仕事場として利用していたころ、仕事の合間に時おり長谷寺まで散歩した。地元の人たち以外はほとんど知らない古い参詣道が残っていて、仕事場から山道を二〇分くらい歩き、長谷寺の背後にある照葉樹林の原生林を越えていくと、境内の最上部にある御影堂の脇に出る。本尊の十一面観音菩薩がおわす本堂はすぐ目の前である。

二月一四日のことだった。長谷寺は「花の寺」とも呼ばれ、初夏の牡丹《ぼたん》はことに有名で、春は桜、秋は紅葉で境内が埋め尽くされ、いつも数多くの参詣者で賑わっているのだが、冬枯れて「見渡せば花も紅葉もなかりけり」という二月は、人もまばらなはずだった。にもかかわらず、本堂付近は人の波でごった返していたのである。

何事かと近づいてみると、十一面悔過《けか》法要が行なわれているという。これは本尊の十一面観音菩薩に対して、僧がこの世の罪を一身に背負い、苦行、懺悔《ざんげ》して人々の平安と幸福を祈るもので、二月に修されることから修二会《しゅにえ》とも呼ばれている。その結願《けちがん》法要として「だだ押し」が行なわれるという。

長谷寺の「だだ押し」は、その奇怪な名だけは聞き知っていたが、実際に見たことはなかった。これは一度見ておかなければなるまいと、しばらく境内を散策して時間をつぶし、頃合を見計らって本堂へ戻ると、突然、法螺《ほら》貝や太鼓が鳴り響き、参詣者の群から歓声とも悲鳴ともつかぬ声が上がった。

本堂で暴れまわっていた鬼たちが法力によって堂内から追い出される。初め緑と青の鬼、次いで赤鬼が巨大な松明《たいまつ》（重さ一二〇キログラム）を持った男衆に追われて、本堂を囲む回廊を暴れながら逃げ回る。鬼に威嚇された参詣者は悲鳴を上げて逃げ惑いながらも、鬼の後ろで男衆の振りかざす大松明の火の粉を浴びようと踊るように手招きをする。回廊を何周かするうちに鬼は姿を消し、本堂脇の護摩壇に火の残っている大松明が投げ込まれると、参詣者はその燃えカスを争って求める。それが一年の無病息災、家内安全のお守りになるという。

邪悪な鬼を追い払う行事といえば、立春の前日に行なわれる節分行事がある。これは立春を前にして、豆を撒きながら「福は内、鬼は外」と叫んで邪気を祓い、一年の息災と幸運を願う行事である。同じようなものに、平安時代の宮中で行なわれた大晦日（旧暦一二月三〇日）の追儺《ついな》の儀式（鬼やらい）がある。こちらはデンデン太鼓を打ち鳴らして鬼を追い払ったといい、現在の節分行事の起源になっている。いずれも邪気を祓って新しい節気や年を迎える行事である。

大きな松明が御堂の周りを回るといえば、東大寺二月堂の「お松明」の行事が思い浮かぶ。これも修二会の行事であり、毎年三月一日から一四日にわたって行なわれるが、ことに一二日の夜、「お水取り」の前に大きな籠松明（重さ七〇キログラム）が闇夜の中で振り回されるさまは圧巻で、春を告げる行事としてテレビニュースでも取り上げられる。この「お松明」の火の粉を浴びると健康になり幸せになるとされ、その燃えカスを参詣者が護符として持ち帰るというのも、長谷寺の「だだ押し」に同じである。

長谷寺の「だだ押し」と東大寺二月堂の「お松明」が似ているというのは、その由来はともあれ、共に修二会の結願法要として営まれるものであり、また、奈良時代から平安時代中期ころまで長谷寺が東大寺の末寺としてその支配下にあったことからも十分に考えられることである。

しかし、長谷寺の「だだ押し」には鬼が登場するが、二月堂の「お松明」に鬼の出番はない。また「だだ押し」が二月なのに、「お松明」は三月であるのも違っている。この違いについて少し見ておこう。

二月堂の「お松明」は三月一日から三月一四日にわたる修二会（十一面観音法要）の期間中に行なわれる行事である。今は月遅れの新暦で行なわれているが、旧暦では二月一日から一四日にかけて実施される行事で、これを行なうための建物が二月堂であり、その堂名も修二会に由来する。ことに一二日から一四日にかけて行なわれる達陀《だったん》の行法は「お松明」の行事のクライマックスとなっている。この「達陀」が長谷寺の「だだ押し」の「だだ」の起源かとされている。

一方、長谷寺の「だだ押し」は二月一四日に行なわれるが、これは旧暦の一月一四日に行なわれる追儺の儀式であった。おそらく、大陸から太陰太陽暦（旧暦）が導入された後も、それ以前の「春分・秋分のころの満月の日」をトシの初めとする旧習が地方には根強く残り、暦の元日（旧暦一月一日）ではなく小正月（旧暦一月一五日の満月の日）を祝う風習として残存していたのであろう。それを反映して、長谷寺では年の初めの準備として邪気（鬼）を祓う行事が要請されたと思われる。二月堂の「お松明」には登場しない鬼が長谷寺で活躍するのもそのためであろう。

ところが、旧暦から新暦への改暦にあたり、「だだ押し」を月遅れの二月一四日の法要としたために、これを二月の修二会の結願法要とすることで整合性を取ったと考えられるのである。そこで旧暦一月一日から一四日までの小正月を迎えるための行事を二分し、後半を二月の修二会として再編したのであろう。現在の長谷寺では一月一日から七日間が修正会となり、二月八日から一四日までが修二会となっていて、二週間続く東大寺二月堂の修二会の半分の期間になっているのも、そのためであろう。

いずれにしても、長谷寺の「だだ押し」と東大寺二月堂の「お松明」が大和路に春を迎える行事であることに間違いはない。その背景には、春秋暦における春トシの始め（旧暦二月一五日＝春分のころの満月の日）を迎えるための邪気を祓う行事があり、それが仏教由来の十一面悔過法要と習合したのであろう。

注記。先に挙げた「建国記念日」は、新暦の下で定められた二月の行事であり、「御綱祭」の祭日も現在は建国記念日と同じになっている。また「だだ押し」は新年を迎えるための邪気を祓う行事であるから、敢えて冬の章に入れておいた。しかし、立春以降の行事と見れば、いずれも春の季語になる。

あとがき

日本人は稲作文化に起源をもつ春秋暦、古代大陸文明に起源をもつ太陰太陽暦（旧暦）、さらに近代になって西洋から伝来した太陽暦（新暦）という三つの異なった暦を三段重ねにして季節感を蓄積してきた。そこから文学的な季語も醸成されてきたのである。そうした季語に焦点を当て、平成二四年（二〇一二）から平成三〇年（二〇一八）にわたって『月刊マルガリータ』（真珠科学研究所）にエッセイを掲載させていただいた。それに一部の草稿を補充し、新たに『季語を探索する』として京都新聞出版センターより刊行する運びとなったが、これについては編集を担当してくださった松本直子氏に大変お世話になった。この場を借りてお礼を申し上げておきたい。

高 城 修 三（たき・しゅうぞう）
1977年「榧の木祭り」で新潮新人賞受賞、1978年同作にて第78回芥川賞を受賞する。その後、「闇を抱いて戦士たちよ」「約束の地」「糺の森」「苦楽利氏どうやら御満悦」「紫の歌」などの小説や「叛乱する風景」「京都の庭遊行」などのエッセイ多数。また1990年代以降は「大和は邪馬台国である」「神武東征」「日出づる国の古代史—その三大難問を解く」などを発表して日本の古代史に注力する一方、2001年よりインターネット上で高城修三の連歌会を主宰し、「可能性としての連歌」などを著して連歌の実践と再興に努めている。

季語を探索する

発行日　2025年２月３日　初版発行
著　者　高城　修三
発行者　枚本　修一
発行所　京都新聞出版センター
〒604-8578　京都市中京区烏丸通夷川上ル
Tel. 075-241-6192　Fax. 075-222-1956
https://www.kyoto-pd.co.jp/book/

印刷・製本　創栄図書印刷株式会社
ISBN978-4-7638-0795-3　C0092